ÀS DÈIDH DO ALISTAIR PAUL a bhith a' siubhal Bhreatann an cois diofar obraichean sheatlaig e ann an Eilean Arainn o chionn fichead bliadhna far a bheil e ag obair na ghàirnealair. B' e an ùidh a bh' aige ann an eachdraidh is dualchas an àite a thug air Gàidhlig ionnsachadh. Dh'fhoillsich e cruinneachadh dà-chànanach de cheòl is dualchas an eilein ann an 2010 agus tha e air a bhith an sàs ann an sgrìobhadh na Gàidhlig bhon uair sin. Ann an 2018 ghlèidh e Duais nan Sgrìobhadairean Ùra, agus ann an 2020 ghlèidh a' chiad leabhar ficsein aige, *Linne Dhomhain*, an duais airson na làmh-sgrìobhainn as fheàrr do dh'inbhich anns Na Duaisean Litreachais.

# Fir an Diùraidh

ALISTAIR PAUL

**Luath** Press Limited
EDINBURGH
www.luath.co.uk

A' chiad chlò 2023
Air ath-chlò-bhualadh 2025

ISBN: 978-1-80425-087-7

Gach còir glèidhte. Tha còraichean an sgrìobhaiche mar ùghdar fo Achd Chòraichean, Dealbhachaidh agus Stèidh 1988 dearbhte.

Chuidich Comhairle nan Leabhraichean am foillsichear le cosgaisean an leabhair seo.

Chaidh am pàipear a tha air a chleachdadh anns an leabhar seo a dhèanamh ann an dòighean coibhneil dhan àrainneachd, a-mach à coilltean ath-nuadhachail.

Air a chlò-bhualadh 's air a cheangal le Robertson Printer, Baile Fharfair.

Air a chur ann an clò Sabon 11 le Main Point Books, Dùn Èideann.

© Alistair Paul 2023

# Clàr-innse

| | |
|---|---|
| Ro-ràdh | 9 |
| Joshua Stoops, Muillear | 11 |
| Dòmhnall MacMhuirich, Iasgair | 17 |
| Iain MacDhonnchaidh, Fear-taca | 23 |
| Pàdair Caolaisdean, Gobha | 35 |
| Leaspaidh MacCuga, Marsanta | 41 |
| Donnchadh MacRaoimhin, Òstair | 45 |
| Diardaoin | 55 |
| Dihaoine | 73 |
| Disathairne | 99 |
| Latha na Sàbaid | 115 |
| Diluain; Latha na Cùirte | 123 |

*'As I have denominated, the jury is to be derived from the people of Scotland, distinguished for good education, for a most correct morality, for a love of justice, for extended information, and for a pure religious persuasion.'*

The Right Hon William Adam, Lord Chief Commissioner. 1816

# Ro-ràdh

AIG CEANN TRÀIGH a' Chaisteil ann an Eilean Arainn bha an caisteal cloiche-gainmhich ruadh fhèin na sheasamh, a bha air a bhith na chathair eileanach do dhiùcan Hamalton fad iomadach ginealach, is fon sin bha cidhe beag a' chaisteil a' stobadh a-mach dhan mhuir mar chorrag chloiche a' tomhadh dhan t-saoghal mhòr far chladaichean an eilein. Aig oir a' chidhe bha an sianar fhear nan seasamh, is am beagan stuth is acainn a bhiodh a dhìth orra airson an turais rin taobh. Gu h-ìosal dh'fheith orra an t-eathar a bhiodh gan giùlan is e a' luasgadh gu h-aotram sna tuinn bheaga a bha a' faighinn a-steach air beul a' chidhe. Bha a' ghrian dìreach air caogadh bàrr na fàire is i a' tilgeil fhaileasan fada nam fear gu cùl a' chidhe agus a' cur lainnir bhuidhe dheaarg air oir a' bhreacadh sgòthan os an cionn. Bhuapa sin dh'fhiar meallan dorcha dhan mhuir mar cholbhan cathair-eaglais a bha an impis tuiteam. Thàinig co-fhad-thràth an fhoghair air an eilean gu cruaidh am-bliadhna, sin às dèidh samhradh fada grianach, le earalas gaothach a' gheamhraidh ri thighinn. Bha an stoirm, a bha air bacadh a chur air an turas aig na fir fad an dà latha a dh'fhalbh, a-nis air meathadh ach bhiodh oiteagan beòthail fhathast a' nochdadh gun rabhadh an-dràsta is a-rithist a chur aodach is gruag nam fear nan caothach tamall. An latha roimhe bha na stuadhan gan sadail fhèin mar bhiastan mòra air a' chladach, a' spreadhadh air na creagan le beucadh. B' e faochadh a bh' ann do na fir gun robh na tuinn air a dhol gu mòr an lughad ged a bha iad fhathast bìoganta 's iad a-nis na bu choltaiche ri creutairean beaga a' mireadh air uachdar na mara.

Le sìobhaltas thig dleastanas air gach sìobhaltach; bha an sianar mothachail air sin, agus ged a bhiodh e duilich dhaibh na dleastanasan obrach, teaghlaich is eile fhàgail air an cùl, bha fhios aca nach biodh roghainn ann. Nan diùltadh iad a' ghairm a dhol dhan chùirt ann an Inbhir Aora gu bhith nan luchd-diùraidh, chan e dìreach a' chàin-airgid a dh'fhuilingeadh iad ach cuideachd an cunnart gun cailleadh iad an inbhe air an eilean. B' iad a chaidh a thaghadh gus an t-eilean a riochdachadh. B' e urram a bh' ann cho mòr ri uallach oir chan e a h-uile duine a thèid air diùraidh. Bha cùisean air atharrachadh gu mòr bhon latha a chaidh Seumas a' Ghlinne a dhìteadh ann an cùirt Inbhir Aora air beulaibh diùraidh a chaidh a thaghadh le Diùc Earra-Ghàidheal fhèin is cinnt aige gun toireadh iad a-mach am breitheanas a bha e a' sùileachadh. Ach chan eil sin a' ciallachadh nach robh modhan taghaidh ann a chanadh tu a b' urrainn a bhith gu math nan uachdaran is nan ùghdarrasan. Sa chiad dol a-mach bha leth-chuid dhen t-sluagh air an dùnadh a-mach leis gur e fireannaich a-mhàin a gheibheadh air diùraidh. Na dhèidh sin cha rachadh duine a thaghadh mura robh sealbh no airgead aca. Neo-chothromach 's ged a bha na rudan sin, b' iad na buadhan moraltachd is cràbhach a bhiodh a dhìth air gach neach-diùraidh as motha a bhiodh an urra ri beachd; air neo claon-bheachd. Agus cò bu leis am facal mu dheireadh air moraltachd is cràbhachd? Cò ach na h-uachdarain!

Mar sin cha b' ann air thuiteamas a chaidh am buidheann a thaghadh oir bha iad uile air am meas mar phàirt dhen inbhe sòisealtais a sheas eadar ìslean is uaislean agus 's a chuirte earbsa.

*Rachamaid sìos dhan chidhe a-rèiste is dlùthamaid air na fir ach an cuir sinn beagan a bharrachd eòlais orra. Facal cha chluinn sinn bhuapa oir tha iad uile nan tost is dùinte a-staigh leis na smuaintean aca fhèin mun taisteal a tha gu bhith romhpa. Sin na cruthan sgàileach aca a' tàrmachadh às an doilleireachd. Tòisicheamaid leis an fhear bheag chruinn aig a' chùl na chòta earbaill is am mionach aige a' cur dùbhlan air putain a pheitein fodha; am fear le neapraig na bhois is e a' toirt suathadh riaslach dha shròin ruitich.*

## Joshua Stoops, Muillear

COIGREACH. CHA ROBH dòigh nach biodh duine bhon taobh a-muigh a' seasamh a-mach ann an coimhearsnachd a bha cho fighte-fuaighte ri coimhearsnachd eileanach Arainn. Nuair a thàinig am muillear dhan eilean an toiseach le bean òg na chois o chionn deich bliadhna, bha a leithid gann, ach bhon uair sin cha bu bheag an àireamh a bha air gluasad a-steach is iad a' toirt leotha na sgilean a bhiodh a dhìth gus na leasachaidhean a bha fa-near do bhàillidhean an Diùca san àite a thoirt gu buil; sgilean leithid clachaireachd, àiteach, iasgach, mèinnearachd is teagasg. Nuair a thug oighreachd an Diùca cuireadh dha Joshua imprigeadh a-null dhan eilean, cha diùltadh e an cothrom muileann dha fhèin a bhith aige is e dìreach air crìoch a chur air a phreantasachd air prìomh oighreachd an Diùca ann an Hamalton. Cha robh a bhean, Agnes, a cheart cho cinnteach. Bhiodh aice ri a teaghlach is a caraidean fhàgail air a cùlaibh agus a bhith beò ann ann àite a bhiodh cho cèin dhi ri cridhe dubh Afraga. Ach thuig ise dleastanasan na mnà agus nach biodh roghainn aice. B' e a gaol air an duine aice a thug furtachd dhi oir na beachd b' e gaol an rud a gheibheadh buaidh air gach càs. An ceann trì bliadhna bha i air an dleastanas aice mar bhean a choileanadh le bhith a' toirt mac is nighean dha Joshua.

Chaidh a dhearbhadh dhan mhuillear gun robh e air an co-dhùnadh ceart a dhèanamh an latha a thug an smac iad a-null dhan eilean agus a bu lèir dha am muileann cloiche seasmhach air ùr-thogail, is taigh beag seasgair ri thaobh, a bhiodh na fhàrdach dhan teaghlach bheag a bha fa-near dhan chupall òg. Mhìnich am bàillidh gu cùramach an dleastanas a bha roimhe agus na dùilean a thigeadh na chois. B' ann an urra ris-san a bhiodh e na daoine a threòrachadh air falbh bho na seann chleachdaidhean bleithidh neo-èifeachdach aca; na clachan-bleith aca a bhuineadh dha linn na cloiche agus an iomadh muileann-uisge a bhiodh uair ri lorg is iad nan gurraban an tac uillt. Cha robh teagamh nach robh ciall san iomairt aig an Diùc cur às do na rudan sin a bha a-nis toirmisgte, ach bha e mothachail gur e sin a bu choireach nach do ghabh muinntir an àite ris ged a bhiodh iad a-mach 's a-steach às a' mhuileann aige leis a' ghràn aca. Sin agus an cànan, oir chun an latha sin cha robh ach prabalais de Ghàidhlig aig Joshua. Ged a bha Beurla aig cuid dhen luchd-frithealaidh aige, b' e cànan foirmeil a bh' ann dhaibh. Bha dlùthas ri lorg san t-seann chànan ghaolach aca a-mhàin a bha mar bheathachadh dhaibh. Bhiodh e a' sìor chur iongnadh air gun robh cuid

## JOSHUA STOOPS, MUILLEAR

mhath fhathast ann aig nach robh ach corra fhacal cearbach Beurla, agus a bha an eisimeil seann chànan coirbte na h-Èireann.

A dh'aindeoin sin uile, cha chuireadh Joshua às leth nan daoine nach robh iad modhail, ach cha robh blàths a-riamh ann eadar e fhèin is iad fhèin. Ach cha bu mhòr am beud na bheachd oir cha bhiodh ann an càirdeas ach cnap-starra nuair a thigeadh e gu conaltradh mu ghnìomhachas is an saoghal ùr a bha ri thighinn. An àite sin bha e air fhèin a shnìomh a-steach do lìonra sòisealta beagan na b' àirde, 's e gu tric an cuideachd oifigearan na h-oighreachd is an riaghaltais no tidsear, dotair no marsanta a bhiodh rè ùine air an eilean. Sin an t-slighe a thug a-steach e dha saoghal na h-eaglaise. Thug e sia bliadhna dha mus do ràinig e an latha a bu phròiseile na bheatha; an latha a chaidh òrdanachadh na èildear. Bho seo a-mach, b' e duine a bh' ann a bhiodh an urra ri cor spioradail is moralta nan daoine a thuilleadh air am beatha chorporra. B' ann le dìcheall is spàirn nach bu bheag a theann e ris na dleastanasan sin a choileanadh. Ach bha dia eile aig Joshua cuideachd. Madainn Didòmhnaich bhiodh e gu dìcheallach aig aghaidh a' choitheanail a' toirt urram do Dhia ann an nèamh. An oidhche roimhe ge-tà, bhiodh e air a bhith na aonar fo sholas coinnle a' toirt urram do dhia nas talmhaidhe; sin airgead, oir b' e oidhche Shathairne an t-àm a bhiodh e a' cunntadh teachd-a-steach na seachdaine mus rachadh e dhan chiste a thàmh fon leabaidh aige. Uair gach mìos no dhà rachadh an t-airgead sin na chois a-null dhan bhanca ann an Grianaig far an cuireadh e ris an stòras a bha na laighe an sin mar-thà agus a bheireadh e dhan ath inbhe na bheatha; le carbad dùinte aige an àite na gige fhosgailte a bheireadh iad dhan eaglais; taigh beagan nas motha is foghlam dha chuid cloinne air tìr-mòr nuair a thigeadh iad gu ìre.

Bha Agnes air an stuth a dh'fheumadh e son a thurais a shìneadh air an t-seotal an oidhche roimhe; an t-aodach a bhiodh e a' cosg agus ri taobh sin cìr is ràsar, bogsa beag slige toirtis làn snaoisein, bogsa phileachan is searrag chungaidh a thug an dotair dha airson a chuid flux 's a dhruim goirt, plaide ghlas, Bìoball, agus ri thaobh am bogsa beag fiodha le daga na bhroinn, beagan pùdair is corra urchair na chois; air eagal 's… eagal 's; cha tuirt an duine aig Agnes rithe buileach dè. Dh'fhaodadh rud sam bith tachairt oir tha fhios gum b' e àite borb a bh' anns a' Ghàidhealtachd 's i na dachaigh do mhèirle is mhurt, bha e air innse dhi. Bha na brògan-èille airson na cuirte air am pasgadh am broinn na plaide. Bha na brògan làidir obrach aige a chosgadh e rè an turais a' feitheimh fo sin air na casan a lìonadh iad an ath latha. Bha Agnes air sùil aithghearr a thoirt a-steach an ath-dhoras ach an robh an dithis cloinne nan cadal mus do dh'èalaidh i a-steach dhan leabaidh agus a dhlùthaich i ris a' bhodhaig a bha mar-thà sìnte innte. Bhean a gualann ri gùn-oidhche an duine is dh'fhidir i an fheòil fodha a bha air a dhol cho bog, fuar o chionn greis. Bha a chùl rithe. Bu tric a bhiodh a chùl rithe air an tràth seo.

'Dearest…' bhruidhinn i gu socair, 'will you be alright?'

'Of course. Of course.' Bhrùchd na faclan a-mach às a chorp gu cruaidh.

Bha fhios aig a' bhean gum biodh an duine aice iomagaineach mun turas agus cha do ghabh i mar oilbheum giorrachd no garbhachd nam facal aige. Cha robh e air a bhith a' cumail cho math sna mìosan a dh'fhalbh agus is cinnteach gun robh e gu bhith duilich dha cumail suas ris na fireannaich eile. B' e turas mì-chofhurtail a bhiodh ann dha.

'Henry will do a good job of taking care of the mill. And I will keep things shipshape in the house.'

Thionndaidh Joshua is chàraich e pòg gu pongail air

bathais a mhnà, 'Sorry dearest. I am just a bit tired.'
Thionndaidh e air ais, 'Will you miss me?'

'I will.'

Cha b' e breug a bh' ann, ged 's dòcha nach ann anns an dòigh cheart, oir bha bean Joshua mothachail air cho eisimeileach 's a bha i air fàs air cuideachd an teaghlaich bhig aice. Bu tric a bhiodh e fhèin a-muigh aig coinneamhan no tachartasan eile, no air falbh an ceann gnothaich is i air a fàgail air a chùlaibh sa phrìosan bheag cloiche aice, ise agus a' chlann, aig bonn na h-aibhne agus na daraich dhorcha mar gheàrdan ceithir thimcheall orra. 'S beag an t-iongnadh gum biodh fiughair aice ri tilleadh an duine ged nach canadh i gun robh gaol aice air mar a b' àbhaist. B' e an eaglais a-mhàin a bheireadh dhi an cothrom a bhith am measg dhaoine taobh a-muigh an taighe, ach b' e cuideachd caran stuama is foirmeil a bh' ann an sin agus ise fo sgàil an duine aice a bhiodh daonnan aig cridhe a' ghnothaich. B' e cuideachd bhoireann bu mhotha a bha i ag ionndrainn.

'Perhaps we should invite some company on your return. You could recount the tales of your travels. A meal or some such; a kind of ceilidh maybe, you know like the local folk do.'

Freagairt cha tàinig gin.

*Rachamaid a-null a-nis dhan fhear a tha na
sheasamh, corra cheum air falbh bho chàch is a
dhruim riutha. Seadh, am fear àrd, dreachail le còta
tiugh dìonach is bòtannan mòra air is na sùilean
aige a' coimhead a-mach gu muir bho aodann a tha
snaighte leis na siantan mar a' chlach fo a chasan.*

## Dòmhnall MacMhuirich, Iasgair

CHUIR E IONGNADH air muinntir Arainn nuair a nochd Dòmhnall às ùr anns an eilean aca o chionn beagan bhliadhnaichean às dèidh dha a bhith air falbh deich bliadhna. Chaidh grunn bhalach a thoirt am bruid leis *a' phress gang* aig an àm ach b' esan an aon fhear a thill. Chaidh a chur an aire dha an latha a thog e air a Ghrianaig leis na gillean gun robh am *press gang* mu thimcheall ach bha e òg is bha e dàna is cha tug e cus feart air na rabhaidhean; bha aire air cùisean eile. Bha an sgoth aca gus fiaradh a-steach dhan bhaile nuair a thug iad an aire dhan iùbhrach a' sìor dhèanamh orra, agus a dh'aindeoin a h-uile h-oidhirp teicheadh, bha fhios aca gun robh iad damnaichte oir bha am bàta a bha air an tòir fada na bu luaithe na an soitheach beag aca fhèin. Chaidh stad a chur orra mus deach aca air an cladach a ruighinn agus cha b' fada gus an robh iad fo ghlas ann an seòmar dorcha sa bhaile.

Rinn Dòmhnall an aon rud a b' urrainn dha gus togail a thoirt dhan spiorad aige is spioradan chàich mar an ceudna is theann e ri seinn, oir bha riamh cliù aige son a ghuth bhinn mar a bha aig tòrr de na Muirich. 'Dòmhnall an smeòrach' a chanadh ris oir bhiodh e daonnan ri seinn ge bith càit an robh e no dè bha e ris. Sna sràidean faisg air làimh chluinncadh ceilearadh an eòin ghlaiste ag èirigh bhon toll dhubh is guthan a chompanaich a' cur ris na sèistean. Bha cridhe Dhòmhnaill briste. Bha fhios aige gur beag an teans gun tilleadh e gu eilean àraich a chaoidh, ach nas pianail fiù 's na sin, dh'fhàgadh e leannan air a chùlaibh. Gus an cràdh a lùghdachadh rinn e òran gaoil dhi oir cha robh dòigh eile aige a smuaintean a chumail far a' chàis san robh e.

B' e an dearbh òran sin a thug brath do mhuinntir an eilein air mar a thachair do Dhòmhnall agus a chompanaich, oir chaidh a thoirt dhachaigh le fear a bha ro shean 's a chaidh a leigeil ma sgaoil.

*Thoir mo shoraidh uam thairis gu Arainn nam Beann*
*Agus innis dom leannan mar a thachair san àm*
*Gun deachaidh mo ghlacadh le gaisreadh ro theann*
*Nach èisteadh uam facal 's gun stàth dhomh bhith cainnt.*

*Ma tha 'n dàn dhomh dhol dachaigh gu Arainn nam Beann*
*Gus an dèan mi ghaoil d' fhaicinn cha chaidil mi ann*
*Cha chaidil mi uair is cha tig suain air mo cheann*
*Gus am bi mi rid thaobh-sa gu sìobhalt' a' cainnt.*

*Làn mulaid 'us tiamhachd nì mi triall feadh an t-saoghail*
*Gus an caith mi mo bhliadhnan am fiabhras do ghaoil*
*'S nuair thèid iad uil' thairis bidh na rannan seo fhèin*
*Aig daoine gan gabhail 's a' gal às mo dhèidh...*

Agus seo dìreach criomag bheag den aon rann deug a rinn Dòmhnall bochd na èiginn.

## DÒMHNALL MACMHUIRICH, IASGAIR

B' e smuaintean air a dhachaigh is a leannan a chùm Dòmhnall a' dol tron a h-uile dùbhlan is mì-ghnìomh a bha gu bhith roimhe. Nuair a thàinig an cothrom na rathad is beagan airgid air a chùl, thill e. Bha an t-eilean air feitheamh air gu dìlseach, is e cho bòidheach 's a bha e a-riamh ach b' fhada on a dh'fhalbh rùn a chridhe. Bhon bheagan a fhuair Dòmhnall a-mach mu mar a thachair, bha i air fuireach dà bhliadhna na truaghag le cridhe briste mus do thog a spiorad agus a thug i tìr-mòr oirre far an deach i air mhuinntireas do theaghlach ann am Baile an t-Salainn. An sin bha i air tachairt ris an fhear-bùtha, a bha na bu shine na ise, a phòsadh i. A rèir an sgeòil a chaidh innse dha, bha sgioba de dh'iasgairean bhon eilean san taigh-òsta oidhche na bainnse is iad a' cur às an corp a' seinn an òrain a rinn e fhèin dhìse, agus gun fhios aig fear na bainnse dè as ciall dhan òran is e gun fhacal Gàidhlig aige na cheann. Nuair a chaidh ise is an duine aice a laighe bha i air iarraidh gun rachadh doras an t-seòmair aca fhàgail leth-fhosgailte ach an cluinneadh i faclan an òrain. Chòrd an seanchas ri Dòmhnall ged a bha làn fhios aige nach robh ann ach faoin-sgeul dhen t-seòrsa a thig am bàrr an cois gach tachartais a tha airidh air gobaireachd.

An latha a thill Dòmhnall dhan eilean, cha do dh'aithnich duine seach duine e oir bha barrachd air na deich bliadhna a bha e air falbh a' laighe air, agus bha eàrra leòin air aodann a' ruith bho cheann a chluaise gu oir a bheòil. Ach b' e rud eile a bu mhotha a mheall iad is b' e sin an dorchadas na shùilean. B' e gille aighearach a chailleadh dhaibh an latha samhraidh ud o chionn deichead is e a' mireadh le a chàirdean. B' e fear trom-chùiseach, dubhach a thill. Stòlda is rèidh 's gun robh e bhon taobh a-muigh, bha e follaiseach gun robh e a' strì ri faileasan dorcha air an taobh a-staigh.

Fhuair e pìos fearainn air mhàl an cois a' chladaich

air an do thog e taigh dha fhèin rè a' chiad samhraidh aige air ais san eilean. Leis an airgead a chaidh aige air a thoirt dhachaigh cheannaich e sgoth iasgaich an uair sin 's dh'fhastaich e criutha dhi, agus bho sin a-mach, bha a bheatha air a riaghladh le imrich an sgadain is sunnd na mara. Dh'obraich e gu cruaidh is choisinn am bàta beag aige cliù airson a bhith a' siubhal na b' fhaide a-mach na càch agus bhiodh e gu tric a-muigh ann an droch thìde nuair a bhiodh an fheadhainn eile gu seasgair aig tìr. San àm a bhiodh e fhèin air tìr bhiodh e ri càradh lìontan, bhàrnais, calcadh is a h-uile obair bheag eile a thig an cois eathair. Rè ùine bha de dh'airgead aige a leigeadh leis bàta na bu mhotha a cheannach is an uair sin fear eile. A-nis bha dà smac mòr aige is trì sgothan beaga. San dòigh sin rinn e cinnteach gum biodh airgead gu leòr aige a leigeadh leis am màl a phàigheadh ge bith dè cho àrd 's a rachadh e, los nach biodh dòigh ann e fhèin no a shliochd a reubadh bhon tìr dhùthchail is na freumhan aige an sàs innte gu gramail.

Bha e air banntrach san nàbachd le dithis cloinne aice a phòsadh is thog a bheatha phearsanta oirre aig an ìre a bu chòir dhi a bhith nam b' e 's gun do dh'fhuirich e aig an taigh. Bhon uair sin rugadh gille dhaibh is bha iad an dùil ri leanabh eile san aithghearrachd. Cha chanadh tu gun robh an seòrsa boil no gaoil ann eatarra 's a bh' ann eadar Dòmhnall 's a sheann leannan ach bha rudeigin nas stàthaile ann agus b' e seo tuigse, oir bha an dithis le chèile airson gum biodh beatha sheasmhach aca agus aig an cuid cloinne mar an ceudna.

Ghabhadh Dòmhnall ri sgìths a mhnà às dèidh latha de fhrithealadh cloinne is am beagan stuic a bh' aca no a bhith a-muigh san achadh air cùl an taighe. Ghabhadh ise ris an dorchadas a theàrnadh air an duine aice a mhaireadh làithean, fiù 's seachdainean. Chan fhaighnicheadh ise dheth mu na làithean a bha e air a bhith air falbh agus cha chanadh esan facal mun deidhinn. Gu dearbh, cha chanadh e facal ri duine mu mar a thachair dha a dh'aindeoin a h-uile oidhirp a rinneadh gus am fios a tharraing às.

Ach nan rachadh againn air a dhol a-steach gu eanchainn bhiomaid am broinn bruaillean de thachairtean is ìomhaighean nan làithean caillte sin; annasan is oillt. Chluinneamaid dìosgail dhèilean, clapadh sheòl is èigheachd sheòladairean. Chitheamaid na co-mharaichean aig Dòmhnall, daoine a bhuineadh do gach ceàrn an t-siubhail aig gach aois is gnè, iad ri mireadh is sùgradh ann an òsta no air an sracadh nam mìrean le shrapnel is grapeshot, a' tuiteam à crann no nas mìosa buileach, a' bàsachadh gu màirnealach, pianail ri linn fiabhrais. Chitheamaid an iomadh boireannach a b' aithne do Dhòmhnall fad oidhche. Chitheamaid cuantan farsaing làn chreutairean mòra is eòin sheachranach cho math ri tìrean cèin gach taobh na h-Atlantaig làn dhaoine is ainmhidhean annasach. Càite an tòisicheadh tu air na rudan sin a chur an cèill do dhaoine aig nach robh mìr eòlais air an leithid?

Chitheamaid mar a leum Dòmhnall bho shoitheach a' Chabhlaich Rìoghail gu prìobhadair Ameireaganach sa Charaib agus mar a bha e air beagan stòrais a chur mu seach tron obair creachaidh aice air longan marsanta Breatannach. Bha e a cheart cho titheach ri càch air tabhairn is ran-dan ach dhèanadh e cinnteach gum biodh crùin air fhàgail aige aig deireadh gnothaich a chuireadh e a-steach dhan phùidse a bhiodh daonnan leth ri a chraiceann; a' phùidse bheag leathair sin far an do thàmh a dhòchas tilleadh gu eilean àraich.

A-mach às a h-uile oillt is gàbhadh a b' fheudar dha fulang, bha aonan dhiubh a lean ris mar sgàil dhorcha. Nuair a dhùineadh Dòmhnall a shùilean air an oidhche, b' e sin a chitheadh e; a charaid, Niall Mac a' Phì, an aon fhear a dh'fhuirich maille ris bhon latha a chaidh am buidheann aca a thoirt am bruid, a' coimhead suas ris, a ghàirdeanan a' clapadh san uisge. Nuair a thuit e bhon chrann cha robh ach corra shlat eadar e fhèin is an soitheach, ach gu dòrainneach, màirnealach, dhealaich e riutha. Chitheadh a' mhaoim na shùilean fiù 's aig astar mus do smàl a' bheatha annta. Mus deach an iùbhrach a leigeil a-mach às na croichean bha bodhaig Nèill ga h-uinnleigeadh gu neo-chùramach leis na tuinn. B' e corp fleòidhte air an do rinn an sgioba cobhair is a chaidh a shlaodadh air ais air bòrd na luinge fa chomhair a sheann charaid. An ath latha chaidh a chur air ais dhan mhuir na chòmhdach canabhais. Chan fhaigheadh fiù 's a bhodhaig dhachaigh.

Bha Dòmhnaill air an t-aodach iasgaich aige a chur air latha an taisteil dhan chùirt mar a b' àbhaist dha. Bha seann gheansaidh gorm air a bh' aige sa Chabhlach Rìoghail, a bha a-nis caran robach is e air a chàradh barrachd is aon uair aig na h-uileannan is aig ceann nam muinchillean. Air muin sin bha an sgùird a rinn bean Dhòmhnaill dha a-mach à seann sheòl. Thug a bhean air an lèine aige le coilear àrd is cufaichean air am pleatadh is brògan spaideil a thoirt leis airson latha na cùirte is iad e air an dinneadh a-steach do phòcaidean mòra na sgùirde. Thug e a-nuas sreang de sgadan-rèisgte bho chabar a bha crochte os cionn na cagailte agus phaisg e iad ann am pìos anairt ola a thug a bhean dha. Phùc e an uair sin iad fo a gheansaidh is thrusaich e fhàitheam fo chrios gus nach tuiteadh iad a-mach. Dh'fhàg e soraidh stuama ach cridheil aig a theaghlach is dh'fhalbh e.

*Tionndaidheamaid ach an cuir sinn aghaidh air càch a-nis. Am faic sibh a-rèiste am fear ud; am fear le guailnean ceàrnagach fo sheacaid pheallach chlòtha a tha a' coimhead suas dhan speur; an oidhirp sùilean chàich a sheachnadh 's dòcha; 's e a' bualadh a bhasan air a shliosan gus a làmhan a chumail blàth.*

## Iain MacDhonnchaidh, Fear-taca

IAIN MAC ALASDAIR 'ic Eòghainn Òig 'ic Eòghainn 'ic Phàdraig 'ic Alasdair a' Chara mas e sloinneadh as fheàrr leat oir 's e sloinneadh a dh'innseas cò an duine. Agus 's e na dh'innseas an sloinneadh seo gura b' e Arainneach gu a smior a bh' ann. Nach b' e a shinnsear fhèin, an dearbh Alasdair a' Chlaidheimh, a bha aig ceann nan seòd a chuir ruaig air feachdan Chromwell aig Allt a' Chlaidheimh agus Iain Òg a thàinig na dhèidh a sgiùrs buidheann de chreachadairean cruidh à Cinn Tìre bhon eilean leis a' ghunna-chaol aige. Bhite ag ràdh gur e Raibeart Brus fhèin a thug am fearann do Chlann Donnchaidh às dèidh dha a bhith anns an eilean. Bha iad rim faighinn chun a latha sin air an aon fhearann dhùthchail aca far a bheil teaghlach Iain air a bhith nam fir-thaca fad grunn ghinealaichean. Bha Iain is a bhean, Barabal, agus an sianar cloinne fhathast a' tàmh san aon taigh fhada tughaidh a bh' aig a sheanair, còmhla ris a' chaillich, màthair Iain, agus am balach ceithir bliadhna deug a dh'aois a thug iad a-steach mar dhìlleachdan nuair a chaochail a phàrantan is a dhèanadh obraichean beaga mun tac. Iadsan agus na trì cait a bhiodh a' tighinn 's a' falbh a rèir an toil, an dà chù aca a bhiodh nan sìneadh an tac an teine nuair nach robh iad a-muigh ag obair, prasgan chearcan a thaomadh a-steach nan caonnag air an ùrlar bheag nuair a bhiodh an doras air fhàgail fosgailte mus rachadh an sgiùrsadh a-mach le sguab; agus an corra mhart solt a ghabhadh còmhnaidh ceann shuas an taighe rè a' gheamhraidh. Bhiodh muinntir an àite a-mach 's a-steach on fhàrdaich gu cunbhalach is iad an tòir air comhairle no gus an cuid màil a rèiteachadh, no dìreach a thighinn air chèilidh, oir bhiodh fàilte ro dhuine sam bith aig uair sam bith, ach air an t-Sàbaid a-mhàin, ann an taigh Iain.

Bha cliù aig taigh Iain mar thaigh-cèilidh gun choimeas anns an eilean, agus b' ann bho fhad' is farsaing a thigeadh na daoine air oidhcheannan a' chèilidh. 'S iomadh cuimhne chùbhraidh a bha aig muinntir na sgìre air seanchas is seinn is fearas-chuideachd san leth-dhorchadas an tac an teine mòna fhialaidh aig Iain. Ged nach fhaiceadh sùilean nan daoine ach air èiginn càch a chèile tron toit thiugh, cha robh sin gu diofar oir b' e feusta a gheibheadh an cluasan. Shuas sna leapannan crochte aca fo na cabair bhiodh a' chlann ri farchluais air na h-inbhich. Nuair a bha neach-ciùil a b' fhiach san nàbachd, chumadh Iain dannsa san t-sabhal mhòr aige.

Bha cliù aig Iain fhèin a-riamh airson a chuid breithneachaidh is stuamachd, is ged a dh'èireadh connsachadh ann bho àm gu àm, mar a bhiodh sa h-uile coimhearsnachd bheag, san fharsaingeachd bha na daoine dèidheil is dìleas do Iain. Bha an duine mar bhall-bodhaige riatanach ann an corp na coimhearsnachd le cuislean is fèithean a' sìneadh a-mach bhuaithe do na daoine is air ais tron eachdraidh aca. Ach bha Iain mothachail gun robh seann chorp a dhùthchais a' crìonadh le fèithean gan gearradh is buille a' failleachadh. Bha an saoghal ag atharrachadh mu thimcheall air agus cha b' fhada gus an rachadh na seann dòighean ìobairt do adhartas, a dh'aindeoin a h-uile oidhirp a rinneadh gus toirt a chreidsinn gun robh cùisean mar a bha. Bha na seann bhailtean fearainn gam briseadh an-àirde is an tuath an urra ris a' mhàl aca fhèin a phàigheadh, màl a bha a' sìor èirigh. A dh'aindeoin gach oidhirp a rinn Iain gus grèim a chumail air na seann dòighean far am biodh daoine a' cuideachadh càch a chèile chun na h-ìre 's gun robh e air a chur fhèin am fiachan dhan oighreachd gus a nàbaidhean a chuideachadh, cha b' e sin a bha san amharc do na h-ùghdarrasan ach saoghal far an seasadh gach duine air a cheann fhèin. Bha na sgaraidhean a' nochdadh 's a' sgapadh.

Gu ruige seo bha a' choimhearsnachd aig Iain air a bhith comasach air na buillean bu mhìosa de na h-atharrachaidhean, no na leasachaidhean mar a chanadh na h-uachdarain riutha, a sheachnadh. Bha cuid dhen talamh a b' fhèarr anns an eilean aca agus bha caraidean is clann aig cuid leis an do shoirbhich aig muir no air tìr-mòr is a bha comasach air airgead a chur dhachaigh. Bha iad air gabhail ri gach gnìomhachas beag a bheireadh beagan teachd-a-steach dhaibh eadar fighe lìontan iasgaich, àrach eich, is reic ime air tìr-mòr, agus gu dearbh obair sgràthail na ceilpe nuair a chaidh sin a sparradh orra. B' e tarraing uisge-bheatha is an t-airgead a thigeadh na chois ge-tà a lasaich an càs thar chàich. Fad iomadh bliadhna bha grunn stailean air a bhith sgapte sna claisean is falachanan a-muigh air a' mhòintich cùl a' bhaile is an ceò ag èirigh gu leisg asta tron fhraoch air latha ciùin. Cho fad' 's a rachadh am màl a phàigheadh shealladh am bàillidh an dàrna taobh. Cho fad' 's a rachadh càin airgid a phàigheadh no cuid dhen toradh aca a thoirt seachad do na cìseadairean cha bhiodh iad ro chruaidh a' cur sìos air a' ghnìomhachas. Sin mar a bha cùisean gus o chionn greis. Ach a rèir choltais, cha robh e tuilleadh gu math sporain no ìomhaigh nan uachdaran leigeil le gnìomhachas mì-laghail tarraing an uisge-bheatha is cùiltearachd a dhol air adhart sa ghàrradh chùil aca fhèin.

Bha am bàillidh ùr, fear Robert Brown, air gnothach cur às dhan ghnìomhachas mhì-chiatach a ghabhail os làimh mar chogadh-croise. Chuir e aghaidh an toiseach air na cìseadairean coirbte is rinn e strì nach beag gus cuidhteas fhaighinn dhiubh is feadhainn nas dìlse a chur nan àite, rud a shoirbhich leis aig a' cheann thall. An uair sin chuir e aghaidh air na staileadairean fhèin. Às dèidh dha e fhèin fhiosrachadh gu mionaideach mu mar a bha an gnìomhachas ga thoirt a-mach air an eilean, chuir e na maoir-ghruinnd aige a-mach gu gach ceàrn dhen eilean le buidheann beag armaichte nan cois gus na stailean a sgriosadh. 'S iomadh sealladh mì-chàilear is conas a chunnacas san eilean sna mìosan a lean is sluagh nam bailtean a' feuchainn rin cuid a dhìon an aghaidh feachd beag a' bhàillidh gun mòran stàth, am baile aig Iain nam measg.

Bha Iain fhèin air a bhith ag obair san achadh ìochdarach an latha ud còmhla ris a' ghille. Nuair a dhìrich e an leathad aig àm lòin is a bu lèir dha na bha a' dol, bha an gnothach cha mhòr seachad is dithis fhireannach ag obair le ùird-mhòra air a' chnap mheatailt thoinnte, phronnta a bha sgapte umpa, is cruth nan stailean is nan cliath a bh' annta air a bhualadh asta. Air an cùl bha na maoir-ghruinnd, Stoddart agus Davidson, a' cumail faire is dagaichean paisgte fon criosan. Os an cionn bha am bàillidh e fhèin na shuidhe air muin eich sgèimheil agus coilear àrd a chòta-marcachd togte mu chùl amhaich, ad àrd dhubh air a cheann air beagan fiaraidh. Air a chùlaibh, bha ladhran an eich air rathad a stampadh tron eòrna. B' e fear òg a bh' anns a' bhàillidh, deich bliadhna co-dhiù na b' òige na Iain, ach far an robh Iain air teinnead is gleus na h-òigridh a ghleidheadh na bhodhaig bha am bàillidh mar-thà a' giùlan sult na meadhan-aoise na ghnùis is ma mheadhan agus a thuar ruiteach, plamach mar fhianais dhan anabarras fìon dearg is port-fhìona a rachadh seachad air a liopan mèithe.

Bha muinntir a' bhaile air cruinneachadh nam prasgan luideach, a ghabhail ealla ri sgriosadh a' bheagan cothruim a bha aca air teachd-a-steach is iad gun ghluasad, airtneal nan sùilean. On a chaidh triùir eileanach às an rathad o chionn beagan mhìosan nuair a chaidh losgadh orra le oifigearan à iùbhrach an riaghaltais, am *Prince Edward*, ri linn buaireadh an cois cùiltearachd uisge-bheatha, cha robh miann tuilleadh aig na daoine a dhol an sàs leis na h-ùghdarrasan, ach cha robh sin a' ciallachadh nach robh an tàmailt is an fhearg a' losgadh nan com. Ach bha aona chailleach fhathast ann air nach robh eagal a rèir choltais agus a bha ag èigheachd is ag aslachadh air a' bhàillidh, 'Thalla dhan pholl-chac bhon tàinig thu. Thusa is do leithid. Duine-uasal? Chan eil dad ann a tha uasal mu do dheidhinn-sa!'

Nuair a thàinig Iain seachad air each a' bhàillidh a bha a' falach cruth na mnà bhuaithe, thuig e le uabhas gur e a mhàthair fhèin a bh' ann. Feargach leis mar nach robh an duine a' toirt feart dhi, rug am boireannach an uair sin air srian each a' bhàillidh is tharraing i a cheann gu aon taobh. Luaisg an t-each gu diombach a' crathadh a chinn. Thug am bàillidh air a mhuin tulgadh gu aon taobh is thuit ad bho cheann. B' e gluasad làimhe clis a' bhàillidh gu amhach a' bheathaich a shàbhail e bho dhol na dhèidh. Le gluasad clis eile bha a chuip os cionn ceann na mnà. Shiab Iain a-null gu a mhàthair agus gu socair, ach gu daingeann, sguab e gu aon taobh i, is a gàirdeanan fhathast a' sùisteadh. Chuir e sanas na cluais, 'Cha tig nì math à seo. Cuiridh sibh cùisean am miosad.'

Dh'fhairich Iain suail an airtneil a' sruthadh gu h-obann tro a mhàthair mar chuideigin a' dùsgadh bho throm-laighe. An uair sin thàinig an aon choltas dìblidh oirre a bha air càch. Dh'fhairich Iain tàmailt gur ann airsan a thàinig e teine a mhàthar a smàladh.

Chaidh an sprùilleach meatailt a thrusadh bhon talamh is a chur air feun. Dhìrich fir nan òrd air beingidh na cairte is leis a' bhàillidh aig a' cheann, agus Stoddart is Davidson air na gearrain aca fhèin aig a' chùl, dh'fhalbh an sgioba an taobh a thàinig iad. San dol seachad choinnich sùilean Iain ri sùilean a' bhàillidh tiotan. An aghaidh a dhùil cha b' e fearg a chunnaic Iain ann an sùilean an duine ach rudeigin eile. B' ann mar gun robh am bàillidh a' coimhead gu dìreach a-steach gu anam; ga thomhais is ga mheasadh.

Cha deach aig a' bhàillidh air tarraing uisge-bheatha a ruagadh bhon eilean gu tur is cha b' fhada gus an robh ceò ag èirigh às ùr an siud 's an seo às teine-staile thar leargan an eilein. Ach le càintean a' sìor èirigh is prothaidean a' sìor chrìonadh, bha deireadh làithean tarraing uisge-bheatha mì-laghail san eilean air fàire.

Far nach robh a' mhòr-chuid anns an eilean ach a' coimhead air an càs fhèin is nan coimhearsnachdan mu thimcheall orra, b' e duine na bu tùraile nan àbhaist a bh' ann an Iain, a thuig gun robh mar a bha a' tachairt air an starsaich aige ach na luasgan beag ann an suail mhòr an atharrachaidh a bha a' sguabadh thar an t-saoghail gu lèir. Cha b' fhada ron a sin a bha e air sgrìob a thoirt a-mach air bàta-smùid gu baile mòr Ghlaschu nach toireadh fiù 's leth latha a shiubhal ann, an àite an dà latha a thug an turas mu dheireadh a chaidh e ann air bàta-siùil na òigridh. An àite nan seallaidhean dùthchail a bha fa-near dha roimhe thar leargan glasa is cnocan cruinn Chluaidh, bha gàrraidhean-iarainn a-nis a' gabhail sealbh air bruaichean na h-aibhne mar bhroth a' sgaoileadh le gleadhraich nan òrd ag èirigh asta agus air an cùlaibh similearan nam factaraidhean a' taomadh toit thiugh thar nan taighean a bha crùbte fòdhpa. Chaidh a chur fa-near dha an latha sin gun robh an t-àm a' teannadh dlùth nuair a bhiodh a' choimhearsnachd bheag aige air a sparradh aghaidh ri aghaidh ri cumhachd gnìomhachas Ìmpireachd Bhreatainn.

Air ais aig an taigh, bu tric a chìte cruth beag cruinn a' bhàillidh air an tràth sin 's e air muin an eich ghlais aige le leabhar-nòtaichean na làimh is uidheamachd a dhreuchd na chois. Bha tòrr bruidhne ann mu dè bu chiall don t-sèine fhada a shìneadh e air an talamh no a' phrosbaig a chuireadh e air crann trì-chasach. Ged a dhèanadh na daoine spòrs air an dol a-mach seo am measg a chèile, bhathas a' faireachdainn nach b' e deagh chomharradh a bh' ann. Bha cuid de na daoine air sìoladh air falbh mar-thà. Nuair a thàinig brath o chionn beagan bliadhnaichean gun robh soitheach gu bhith a' seòladh à Ceann Loch Chille Chiarain gu ruige Carolina, ghabh cuid de na fir-taca, cuid a bha càirdeil dha Iain nam measg, agus an teaghlaichean an cothrom imprig a-null, is fios aca gun robh deireadh an làithean anns an Eilean a' teannadh orra.

Roghnaich Iain fuireach ach bha beagan aithreachais air tighinn air bhon a thòisich na fathannan a' dol mu bhuaidh nan leasachaidhean a bha san amharc dhan Diùc. Son a' chiad uair, bhathar a' cluinntinn iomradh air an fhacal mhallaichte sin 'fuadachadh', is naidheachd a' tighinn a-steach dhan eilean air mar a bha an oillt seo a' sgapadh mar ghalar tron Ghàidhealtachd. Nan tachradh an rud dosmaoineachaidh seo is gun rachadh e fhèin fhuadachadh, càit am fàgadh sin a dhùthchas a thugadh dha leis na deicheadan de ghinealaichean a thàinig roimhe? Càit am fàgadh sin a theaghlach a chailleadh an dìleab dhligheach agus a bhiodh air an gearradh bho na freumhan aca? An seasadh a mhàthair ri imprig? Bha a' cheist air a bhith ga lèireadh fad ùine a-nis 's e gu tric dùinte a-staigh sna smaointean aige fhèin no a' dèanamh caithris na h-oidhche, a' cnuasachadh agus a' cnuasachadh, mus tàinig e dhan cho-dhùnadh a bu duilghe a rinn e a-riamh na bheatha. Cha b' urrainn dha na daoine aige uile a theàrnadh bhon fhreastal ach 's dòcha gum biodh dòigh ann an teaghlach aige fhèin a shàbhaladh. Bhiodh aige ris a' chridhe a reubadh à corp na coimhearsnachd. B' ann le inntinn throm a bha e air dìreadh air muin a' ghearrain aige air latha frasach aig toiseach an t-samhraidh, agus a thog e air gu ruige Baile Bhreadhaig is oifis a' bhàillidh fo sgàil a' chaisteil.

Nuair a chaidh doras taigh-sglèat a' bhàillidh fhosgladh do dh'Iain leis a' ghille aige, shuain èadhar fuaraidh na fàrdaich e is tharraingeadh a-steach e leis. Fhuair Iain gun robh an taigh fionnar a-staigh a dh'aindeoin gur e latha blàth samhraidh a bh' ann air an taobh a-muigh. B' e luime an àite an rud a bhuail air is e ann an trannsa a bha mar thunail le ballaichean air an gealadh le aol gun phìos àirneis no dealbh. Cha b' urrainn dha a bhith na bu diofraichte na blàths an taigh-tughaidh sheasgair a dh'fhàg e air a chùlaibh. Ghnog an gille gu h-aotrom air an doras aig ceann na trannsa. Thàinig ròcan ìosal bho thaobh a-staigh an t-seòmair mar gun robh e ag èirigh à sloc.

'Yes.'

'A Mister Robertson come to see you, sir. He says he has a tack at Monnyquill.'

Taobh thall an dorais bha am bàillidh na shuidhe air cùl

deasg a bha air a chòmhdach le pàipearan is planaichean. Taisgte ris a' bhalla bha an uidheamachd suirbhidh aige agus b' e preas mòr an aon rud eile a bha anns an rùm. Gu aon taobh bha cagailt, ach a dh'aindeoin gun robh gual air leabaidh staimh sa chliath, cha deach a losgadh. Dh'èirich am maor is shìn e a làmh dhan tuathanach a rug air gu h-aindeònach.

'You came! Take a seat.'

Ghabh Iain an sèithear air beulaibh a' bhàillidh taobh thall an deasg bhuaithe.

'You will take a libation.' Thionndaidh am bàillidh chun a' bhotail chlaireit a bha na sheasamh air a' phreas air treidhe airgid is ceithir glainneachan nan seasamh mar àl ann an nead mu thimcheall air. Cha do dh'fheuch Iain a-riamh air a leithid.

'Let us just get this thing done.'

Dh'fhosgail am bàillidh drathair sa phreas agus thug e a-mach rola pàipeir a chàraich e air an deasg. 'You will not regret your decision Robertson, I assure you.' Roilig e am pàipear caoin air ascaoin gus an laigheadh e còmhnard agus shìn e air a' bhòrd e, 'It doesn't take much for a man with a bit of agricultural know-how to recognise a good farmer. The first time I rode down to your village I knew you were a man of substance; even before I met you. It was the neatness of your fields and the condition of your beasts that told me, you see.

'I have made some enquiries into your circumstances. As you would expect. I cannot say that what I discovered did not concern me. Apparently, there are debts, not insubstantial ones, accrued to your name.'

Sàmhchair throm.

'However,' tarraing anail dhomhain, 'I made further enquiries and have since discovered that your predicament is due in the most part neither to profligacy nor to financial mismanagement, but rather to charity towards your neighbours, a not entirely ignoble motivation, if somewhat misguided. I have thought long and hard on this Mr Robertson and decided you are worth the risk.

The estate will advance the money to you to meet your debts and the capital requirements of your new station. With diligence the potential income provided by your position should allow you to discharge your debts within a few years.'

Thog am bàillidh peann-ite bho chrogan is thom e san tobar ince e. Shìn e gu Iain e. Aig bonn na sgrìobhainne bha dà ainm ann; am fear aige fhèin 'Ian Robertson, farmer at Monnyquill in the island of Arran,' agus am fear aig a' bhàillidh, 'Robert Brown esquire, factor to his Grace the Duke of Hamilton on the Island of Arran,' le loidhne fo gach fear a' feitheamh air ainm-sgrìobhte. Ghabh Iain am peann agus chuir e an t-ainm-sgrìobhte aige fhèin aig bonn na sgrìobhainne. Chuir am bàillidh gu aon taobh e gus an tiormaicheadh an inc.

'Should not both our signatures be on the document?' cheasnaich Iain.

Sheall am bàillidh a-steach gu sùilean Iain leis an aon sgeann sgrùdail a dh'fhairich e an latha ud a chaidh na stailean a sgriosadh leis.

'There will be plenty of time for that,' thuirt e.

Le sin roilig am bàillidh suas an cumhnant, bhann e le ribean e agus thaisg e an uair sin e am measg a' chruinneachaidh de dh'obair pàipeir a bha a' sìor fhàs sa chiste.

Phut Iain sìos air gàirdean an t-sèitheir san robh e gus e fhèin a thogail às. Thionndaidh am bàillidh thuige, 'Just one more thing Mister Robertson. What we are doing here is nothing less than creating society anew, from the bottom up. An improved society that is God-fearing and law-abiding. I need to know that those I and the Duke entrust to be the pillars of this society are beyond reproach. There can be no harking back to the old ways.' Rinn an duine suidhe air beulaibh Iain. 'You will have my signature when I am assured your conduct is beyond reproach.'

Ghnog Iain a cheann. Bha an rud dèante. An ceann beagan mhìosan bhiodh tuathanas mòr aige dha fhèin pìos beag shuas an gleann bhon t-seann tac aige. B' fheàrr leis gun a bhith a' smaoineachadh air dè thachradh dha na daoine a bha a' tàmh air an fhearann sin an-dràsta no an fheadhainn a dh'fhàgadh e air a chùlaibh.

Cha bu luaithe a bha an gnìomh ullamh is Iain taobh a-muigh fàrdach a' bhàillidh na dh'fhairich e suail òrraise a' dol troimhe. Dh'fhalbh e gu deifreach is thug e a-mach an rathad dhachaigh air muin a ghearrain le sgòth dhorcha ga leantainn. Bha caochladh air tighinn air agus cha robh dol às ann. Bha e air pìos dheth fhèin a chall is b' aithne dha nach b' e duine slàn a bhiodh ann dheth bho seo a-mach. A' dol suas an gleann thug Iain buille shocair dhan beathach aige mun amhaich is thuirt e ris, ''S tu a tha fortanach a chreutair neo-chiontaich. Cha tèid iarraidh ort co-dhùnadh doirbh a dhèanamh ri do mhaireann.' Air dha am baile aige a ruighinn is an t-ainmhidh a chur ann an cùil, cha tuirt e dad mun ghnìomh ri duine sam bith ach feumaidh gun do dh'aithnich a mhàthair gun robh rudeigin a' fàgail a mic fo uallach. Nuair a dh'fhaighnich i dheth dè bha a' cur air cha b' urrainn dha an fhìrinn a dhiùltadh dhi. B' ise an aon neach dhan tug e seachad aidmheil dhìblidh. Cha tuirt ise ach aon rud, 'Na dèan seo a mhic.' Ach bha e ro fhadalach. Bhuineadh a mhàthair dhan àm a chaidh seachad ach b' fheudar dhan chloinn aige tighinn beò san àm ri teachd.

Nuair a thàinig a' ghairm chun an diùraidh, thug e faochadh dha Iain oir bheireadh e air falbh bhon taigh e airson grunn làithean. Latha an taisteil, chuir e air a chuid-aodaich obrach agus thug e leis an aon bhriogais, lèine is peitean spaideil a bha air an latha a thadhail e air a' bhàillidh is iad air am pasgadh ann am plaide airson latha na cùirte. Rinn a bhean cinnteach gun robh deagh lòn de bhonnach is sgadan aige na mhionach mus do dh'fhalbh e. Thug esan pòg dhi is dh'fhàg e soraidh chridheil aig a' chloinn. Air a shlighe a-mach thog e am poca beag de dh'aran-coirce a bha a' feitheamh air ri taobh an dorais.

*Cò sin a-nis ri taobh Iain; am fear mòr, tapaidh
a tha na sheasamh na stob daingeann is na
clachan sùla drùidhteach aige air flod ann an
glumagan sgleòthach glas; an dosan ceigeanach
aige a' dannsadh mar dheamhain sa ghaoith os an
cionn. Am faic sibh mar a tha àrc duslach dubh
greimichte fo gach ìne? Comharra ma dh'fhaoidte
air cò e an duine.*

## Pàdair Caolaisdean, Gobha

CHA BU MHISTE sinn a dhol air ais deich bliadhna gus aithne cheart a chur air cò Pàdair. Tha sinn air còmhnard glas, làimh ri cladach. Tha sluagh mòr, nan ceudan ma dh'fhaoidte, air cruinneachadh mu thimcheall oirnn. Tha fear ann an seacaid is briogais dhubh na sheasamh air tom aig cridhe a' ghnothaich agus a ghàirdeanan a' dèanamh ghluasadan pongail aithghearr air a bheulaibh. A thaobh sin chan eil bodhaig an duine a' gluasad. 'S iad na faclan a tha a' falbh às a bheul nan tuinn, a' dol suas is sìos, a tha a' cumail a luchd-èisteachd fo sheun aige. Tha corra dhuine air briseadh air falbh bhon choitheanal agus air àite a ghabhail dhaibh fhèin eadar an searmonaiche is a threud, agus iad a' toinneamh 's a' creanachadh 's a' sìneadh an làmhan mar gun robh iad fo chràdh do-fhulangach. Tha mòthar is èigheachd do-thuigsinn a' tighinn bhuapa. Agus an sin, nam measg, Pàdair; muinichillean a lèine air tuiteam bho ghàirdeanan sìnte is fhalt air a liacradh air a bhathais fhallasaich, a shùilean air an togail gu nèamh. Sin, co-dhiù, a bhodhaig agus an spiorad aige air a ghabhail thairis le cumhachd neo-thalmhaidh.

Chun an latha an-diugh cha chanadh e gun robh fios aige gu dè a ghreimich air an latha ud oir bha e dìreach san dol seachad nuair a chaidh a thàladh dhan dòmhlachadh dhaoine is an guth tonn-luasganach a bha ag èirigh às. Agus esan na fhear a bha air a bhith cho tàireil mun ath-bheothachadh Chrìosdaidh a bha a' faighinn grèim air an eilean mar fhiabhras, agus fanaideach mu na caraidean aige a chaidh iompachadh. Bha fhios aige gun robh e air a bhith caran fo sprochd is uallach sna beagan làithean roimhe sin agus e am beachd gur e cus dighe is gainnead cadail a bu choireach, ach cho luath 's a thòisich guth an t-searmonaiche air drùidheadh a-steach air, b' aithne dha gur e an cùram a bha a' laighe air agus nach robh roghainn aige ach gèilleadh ri facal Dhè is an Spioraid Naoimh is anam fhosgladh dhaibh.

B' e atharrachadh iomlan a thàinig air an duine an latha ud. Cha bhiodh sgeul tuilleadh air a' ghille theò-chridheach a fhrithealadh na clasaichean dannsaidh ann an sabhal Chaluim, no a ghabhadh tè bheag no dhà air cùl a' mhuilinn, no a thadhaileadh air na caileagan gu h-os ìosal a-muigh air an àirigh as t-samhradh. Bha a bheatha coisrigte a-nis do Dhia agus ullachadh airson Latha a' Bhreitheanais fàth a shiubhail. Bha boil nan làithean sin, nuair a thàinig an t-ath-bheothachadh dhan eilean an toiseach, air socrachadh ach bha miann fhathast làidir am measg nan daoine airson spioradaileachd a lìonadh a' bheàrn a chaidh fhàgail leis na rudan a bha a' falbh aig àm cugallach. Air a shon-san, bhiodh Pàdair fhathast grunn oidhcheannan aig leughaidhean a' Bhìobaill is coinneamhan-ùrnaigh aig taighean san nàbachd, fear dhiubh a ghabhadh àite uair san t-seachdain anns a' cheàrdaich aige fhèin. Shàsaicheadh seo am feum spioradail aige gu h-innleachdail, ach b' e duine dèanadach a bh' ann am Pàdair a dh'fheumadh dòigh nas fhiosaigich gus a chreideamh a chur an cèill agus b' e obair a thug sin dha. Far am biodh na seann daoine a' faicinn draoidheachd ann an obair a' ghobha, b' e cumhachd Dhè a bu lèir do Phàdair ann an teas an teine is caor na meatailt, no mar a thigeadh atharrachadh air nàdar na meatailt le teas. Bha gach buille a bheireadh e le òrd na adhradh beag a bheireadh e an-àirde a chùm glòir Dhè.

Bha cliù aig Pàdair mar fhear a dh'obraicheadh gu cruaidh agus air nach cuireadh dad stad. Bhiodh e bho mhoch gu dubh a' toirt solas Dhè a-steach gu ifrinn na ceàrdaich leis gach beum ùird phongail a sheirmeadh a-mach tron t-srath a-muigh. Cha robh gainnead obrach uair sam bith a' cur dragh air oir bha barrachd is barrachd dhith a' tighinn an cois nan leasachaidhean a bhathar a' cur an sàs air an eilean. Bha barrachd each gan cur gu feum is iad feumach air cruidhean is crainn a bha a' gabhail àite na coise-cruime; sin gun luaidh air an uidheamachd neònach is àraid a thigeadh a nuas thuige bhon chaisteal 's e feumach air càradh. Gun fhiosta dha dh'fhàs e na thràill do obair rè ùine is e air a bheò-ghlacadh leatha. B' e obair a-nis adhbhar an àite a dhòigh. B' e obair an Dia dhan dèanadh e adhradh ro altair an teallaich aige.

Mar a bu doimhne a chaidh Pàdair a-steach dhan chreideamh is an uair sin dhan obair aige, b' ann a bu mhotha a bha e a' call a dhaonnachd. Bha àm ann a thigeadh na fir a-steach agus a shuidheadh iad nan loidhne air a' bheing ri taobh an dorais gus cùisean an t-saoghail mhòir a dheasbad agus ceò às na pìoban crèadha aca a' co-mheasgachadh le ceò an teallaich os an cionn. B' e Am

Prìomhaire a b' fhar-ainm do Phàdair an uair sin ri linn an deagh stiùiridh a bheireadh e dhan phàrlamaid bheag air a' bheing agus an gliocas a chuireadh e ris an t-seanchas. Cha bu ghnàth do Phàdair a bhith còmhraiteach ach gach uair a thigeadh facal bhuaithe bhiodh fhios gum b' fhiach e. Nuair bu mhithich do Phàdair teannadh ri obair às ùr chanadh e rud mar, 'Anns gach saothair bidh tairbhe, ach thig cainnt nam bilean a-mhàin gu uireasbhaidh, gnàth-fhacail 14.23.' Air neo; 'Esan a threabhas fearann, sàsaichear le aran e; ach esan a leanas daoine dìomhain, tha e gun tuigse, gnàth-fhacail 12.11.' Na bu thràithe is na bu thràithe a thigeadh clos mar sin air a' chòmhradh gus an tàinig an t-àm nach seasadh Pàdair ri còmhradh mura robh e mu dhiadhachd. Mu dheireadh sguir na fir a thighinn. Taobh a-muigh nan coinneamhan-ùrnaigh seachdaineil aige cha bhiodh anns a' cheàrdaich a-nis ach e fhèin agus am preantas aige, Goiridh Cara, agus b' ainneamh a rachadh facal eatarra nach robh co-cheangailte ri obair.

San taigh an ath-dhoras bhon cheàrdaich bha bean Phàdair. Oighrig bhochd a chanadh daoine rithe, oir b' aithne dhaibh cho beag for 's a bha an duine aice a' toirt dhi is i na b' òige na esan; fhathast bòidheach. Bu chlis a bhiodh e a-mach air an doras a' chiad char sa mhadainn agus nuair a thilleadh e aig deireadh an latha cha bhiodh de neart air fhàgail ann a cheadaicheadh brìodal no pronn-chainnt na càraid àbhaistiche. Latha na Sàbaid 's gann gum biodh mionaid ann nach biodh a shròn anns a' Bhìoball no leabhar diadhaidh air choreigin. Bu mhòr an caochladh bhon a bhuail gaol air Pàdair a' chiad uair a laigh a shùil oirre agus e aig coinneamh-ùrnaigh aig taigh a h-athar. Nuair a chaidh a' cheist a chur air a' bhodach beagan mhìosan às dèidh sin, bha athair Oighrig tuilleadh is leigte ris gum pòsadh a nighean ghaolach fear a bha cho diadhaidh is aig an robh obair sheasmhach. Cha robh clann air a bhith aca agus 's dòcha gur e sin rud eile a chuir astar eatarra agus a thug air Pàdair furtachd a lorg na obair.

Fhuair Oighrig obair aig a' chaisteal ann a bhith a' toirt a-steach nigheadaireachd, cha b' ann air sgàth gun robh i feumach air an airgead, ach bha i feumach air rudeigin a chumadh trang i agus a bheireadh a h-inntinn far truaghantachd a càis. Chuireadh i am beagan airgid a gheibheadh i ann an crogan fon leabaidh agus nuair a thigeadh fear a' phaca a thadhal oirre cheannaicheadh i ribeanan sìoda a chuireadh i na falt, dreasa chailleago no beannag chamraig. Ach bu dìomhain dhi a h-iomairt. Cha mhothaicheadh an duine aice fiù 's do choltas a mhnà. Bha ùine air a dhol seachad, barrachd air bliadhna, bhon a sguir iad a laighe còmhla.

Air madainn an taisteil chuir Pàdair uime an aon lèine is briogais a bh' aige nach robh air a bhallachadh le duslach guail, is còta mòr air an uachdar. Air èiginn a bha a' ghrian air èirigh nuair a chaidh e a-steach dhan cheàrdaich agus a theann e ri dèanamh cinnteach gun robh na h-innealan aige air an càradh aig oir an teallaich no crochte ris na ballachan mu thimcheall air mar bu chòir; gun robh an teine a' dol gu math is gual gu leòr ri thaobh a chumadh a' dol e airson a' chorra latha a bhiodh e air falbh. Cha bu luaithe bha am preantas aige a-steach an doras na leum Pàdair dha ionnsaigh agus a theann e ri cheasnachadh mun obair a bhiodh roimhe is Pàdair teagmhach gum biodh e an comas an fhir òig an obair sin a choileanadh, gus an do ruith an ùine air agus a b' fheudar dha falbh. Thug e ceum thar leac an dorais agus dhùin e doras fiodha na ceàrdaich is e a' fàgail air a chùl a h-uile càil a bha sin son a' chiad uair, taobh a-muigh na Sàbaid, bho chionn iomadh bliadhna.

Bha e letheach slighe thar an raoin air beulaibh na

ceàrdaich nuair a chuala e an èigheachd bho chùlaibh. Èigheachd boireannaich a bh' ann. Stad Pàdair le car na cheann agus sin a bhean na ruith thuige. Rug i air ruighean air is thionndaidh i e dha h-ionnsaigh le neart a chuir iongnadh air. Dh'fhairicheadh e an èiginn na grèim agus thug e ceum air ais. Sheas an dithis aca aghaidh ri aghaidh nan tost car tamaill agus am falt a' falbh gach taobh leis an oiteig is an aodannan fliuch bhon fhras a thàinig na cois.

'Tha còir agam falbh. Gu dè tha a' cur ort mar seo?' thuirt e le mì-fhoighidinn na ghuth.

'Tha rudeigin agam ri innse dhut... Tha mi trom.' Agus le sin theich i.

Thill Pàdair dhan cheàrdaich aige, agus gun fhacal a ràdh ris a' phreantas a bha a' rèiteachadh an uidheim a bhiodh a dhìth air aig leac an teallaich, thug e òrd a-nuas bho sgeilp agus chuir e na phòcaid e. Cha robh fhios aige gu dè am feum dhan cuireadh e òrd ach gun robh e a' faireachdainn nas fhoiseile a-nis le sin na chois.

*'S cinnteach nach e fear a th' anns an duine ud a tha cleachdte ri bhith na sheasamh san aon àite fada. Seall air mar a tha a shùilean a' sìor ghluasad thar fàire; mar gu bheil e a' sireadh rudeigin, is mar a tha e a' luasgadh bho chois gu cois. Feumaidh gur e sin as coireach gu bheil a chorp cho fèitheach, caol, mar chorp cù-seilg, fon t-seacaid thiugh chlòtha aige. Thèid mi an urras nach bi mionaid san latha nach bi am fonn dian sin air a mhala.*

## Leaspaidh MacCuga, Marsanta

IS DÙIL MIC Arainn ceumannan an athraichean a leantainn. Is dùil a nigheanan ceumannan am màthraichean a leantainn. Agus sin mar a bha bho a-riamh. Ach le gach ginealach thig cuid am bàrr nach gabh ri dùil agus a bheir a-mach an t-slighe aca fhèin ge b' e gu muir no dhan airm no eile, agus b' ann dhan ghnè sin a bhuineadh Leaspaidh. Cha robh e ach na dheugaire òg nuair a theann e ri poidseadh agus a cho-aoisean sna h-achaidhean a' teannadh ri obair fearainn. B' e obair chunnartach a bh' ann; bha làn fhios aige air sin, oir nach b' e bràthair athar fhèin a chaidh a ghlacadh leis a' bhàillidh agus bu chruaidh an dìoghaltas a thàinig air na dhèidh sin. Mar a chuir an duine fhèin an cèill e ann am faclan an òrain a rinn e mun chùis:

*Chuir am Bàillidh mach pàipear 's gach ceàrna mun cuairt,*
*Gun iad thabhairt dhomh àite no fàrdach car uair,*
*'S nan toireadh, gun ìochdadh iad cìs a bhiodh cruaidh,*
*'S gu 'n rachadh da-rìreadh am pìosan thoirt uap'.*

Ach bha duais a b' fhiach na chois agus b' e òigear a bha seòlta is geur-inntinneach a bh' ann an Leaspaidh a bhiodh daonnan ceum air thoiseach air a' bhàillidh. Leis a' bheagan airgid a dhèanadh e às a' ghnìomh, bhiodh Leaspaidh an uair sin a' ceannach tombaca a reiceadh e aig prothaid nach bu bheag do mharaichean is iasgairean, oir b' aithne dha nach robh duine air thalamh air an robh èiginn na bu motha na seòladair gun tombaca. Bho seo a-mach cha rachadh cothrom seachad air gus beagan airgid a dhèanamh à gnìomh sam bith a thigeadh na rathad. On a bha e san fhasan am measg nan caileagan deannan math bhliadhnaichean ron a sin a bhith a' cosg ribeanan dearga air an t-slighe dhan eaglais Latha na Sàbaid, nach e a fhuair air ultach ribeanan a cheannach air tìr-mòr a reic e riutha. Bhiodh e a' faighinn lorg air urchairean is pùdar dhan chorra dhuine aig an robh gunna-caol aig àm a bha a leithid gann. Sin dìreach corra eisimpleir air an iomadh gnìomh beag san robh Leaspaidh an sàs.

B' ann nuair a thàinig e gu ìre agus a theann e ri obair chùiltearachd ge-tà a thòisich e air airgead ceart a dhèanamh a fhreagradh air a mhiann airson adhartas. Obair chunnartach a bh' ann a-rithist ach am beachd Leaspaidh, cha robh i ach a cheart cho cunnartach ri poidseadh thoradh, ged a bhiodh sgothan nan gàidsearan a' siubhal Chluaidh mar mhadaidhean-allaidh an tòir air creach, air an eilean bha an Diùc is a bhàillidh aig an àm deònach coimhead an dàrna taobh cho fad 's a bhiodh am màl aca ga phàigheadh. Cha bhiodh làmhan Leaspaidh air an salachadh co-dhiù oir eu-coltach ri càch a bha an sàs sa ghnìomhachas, cha ghabhadh e gnothach ri saothair an staile no a bhith a' seòladh a-mach bho chladach ann an eathar beag ann an dubharachd na h-oidhche is dearg ghèile ann, gus na gàidsearan a sheachnadh. B' esan am fear a bhiodh aig ceann a' ghnothaich 's e a' ceannach is a' reic. Dhèanadh e cinnteach gum biodh crogan dhen uisge Arainneach a b' fheàrr a' feitheamh air an Diùc aig àm na Nollaige, oir mar a b' aithne dhan a h-uile duine bha e cho dèidheil ri càch air druiteag no dhà dhen neactar òr aig an àm sin dhen bhliadhna.

An ceann ùine, b' urrainn dha tionndadh gu gnìomhachasan nas laghail le bhith a' ceannach agus a' reic iomadh seòrsa bathair a bhiodh a' sìor thighinn 's a' falbh tro bheul Linne Chluaidh gus an robh lìon malairt aige a shìn bho Ghlaschu sìos a dh'ionnsaigh Siorrachd Àir gu deas agus a-steach gu Siorrachd Earra-Ghàidheal chun an iar. Thog e taigh cloiche sgèimheil dha fhèin ann am Baile irbhinn le searbhanta aige agus bean a thug dha dithis cloinne. Cha b' fhada bhon a chaidh an tè òg Fionnaghal NicEanain à Cnoc a' Mhadain a-null a dh'Irbhinn air mhuinntireas dhaibh, samhla eile nan robh a leithid a dhìth, gun robh e fhathast a' tighinn air adhart na bheatha. Ghlèidh Leaspaidh aig an aon àm taigh san eilean fo sgàil a' chaisteil gus am biodh cas fhathast aige san àite. An sin dh'fhastaich e boireannach òg aig an robh mac is i gun duine aice gus seallatinn ris an fhàrdaich nuair nach robh e fhèin an làthair. Mar a bhiodh dùil ann an coimhearsnachd bheag dh'adhbharaich sin tòrr gobaireachd is fathann. Cha bu bheag am farmad a bha an lùib a' ghnothaich is duine no dithis dhen bheachd nach robh an tè a' fulang toradh a cuid peacaidh mar bu chòir, agus i an ìre mhath cofhurtail san taigh sheasgair aig Leaspaidh is saor bho shaothair chruaidh. Ged a chanadh feadhainn gur e rud coibhneil a rinn Leaspaidh, chanadh cuid gun robh e a' gabhail brath air an t-suidheachadh; gun robh am boireannach a' toirt sheirbheisean dha a bharrachd air obair na searbhanta àbhaistich, oir bha cliù aig Leaspaidh mar fhear aig an robh taobh ri boireannaich.

Cha robh Leaspaidh an dùil gun tigeadh dleastanas an diùraidh air an cois na seilbhe aige ann an Arainn agus chuir a' gairm diomb nach bu bheag air, oir bhiodh aige ri a ghnìomhachas fhàgail air a chùlaibh airson corra latha. Ach bu ghnè do Leaspaidh a bhith a' faicinn an taoibh dhòchasaich anns gach suidheachadh agus chuir e roimhe gun gabhadh e gach cothrom a thigeadh na rathad gus beagan malairt a dhèanamh. Mus robh e a-mach às an taigh air latha an taisteil, chuir e làmh ann am pòca a sheacaid gus dearbhadh gun robh a' phùidse leathair làn bhonn ann ceart gu leòr agus e an dùil gum biodh sin gu feum dha mas e 's gun tachradh e ri duine a b' fhiach. Thug e bonn a-mach is thug e sin dhan tè-fhrithealaidh aige a bha na seasamh air a bheulaibh is an uair sin thug e pòg neartmhor dhi air a liopan. Shlìob e falt a' ghille ri taobh. 'Gabh ealla ri do mhàthair,' thuirt e. Rinn an gille siot-ghàire dhiùid.

'Cuin a thilleas tu?' dh'fhaighnich am boireannach de Leaspaidh.

'Tha sin an urra ri freastal,' fhreagair esan is e a' toirt pòg eile dhi.

Thog e a' mhàileid leathair a bha deiseil aige an tacsa a' chòmhlaidh agus thug e air an staran a dh'fhiar thar a' bhruthaich chun a' chidhe fodha.

*Tha aon fhear air fhàgail againn nach eil?*
*Feumaidh gur esan am fear sgiobalta aig oir na*
*buidhne. Nan rachadh iarraidh orm measadh a*
*dhèanamh air an duine a rèir a choltais chanainn-*
*sa gu bheil gliocas ri lorg sna sùilean domhain*
*ud cho math ris a' bhòidhchead a tha ri lorg na*
*dhosan is na fheartan mìne; bòidhchead a tha air*
*a cur am follais leis an t-seacaid sgiobalta chlòtha*
*ghuirm le peitean ruadh fòidhpe is stoc crò-dhearg*
*mu amhaich.*

## Donnchadh MacRaoimhin, Òstair

NAN ROBH DUINE ann aig an robh cluas do gach naidheachd bheag a bha a' dol san eilean, an dà chuid bho thaobh nan uachdaran is taobh nan ìochdaran, b' esan Donnchadh MacRaoimhin. B' ann aig doras-cùil seòmar-tapa an òsta aige a gheibheadh an tuath an cuid de leann is spioradan garg, ach saor, agus taobh a-staigh an dorais-aghaidh, san t-seòmar-òil sheasgair air a sgeadachadh le beingean is bùird fiodha tacail is gealbhan fialaidh aig a cheann, a gheibheadh na daoine a bha beagan nas àirde nan inbhe an cuid claireit is port-fìona. Cha robh dad a dh'fhuasgaileadh teanga gach uile gnè is inbhe na deoch làidir, agus bhiodh an naidheachd a gheibheadh e aig an doras-aghaidh a cheart cho sgainnealach ris an naidheachd a gheibheadh e aig an doras-cùil, oir mar a bha Donnchadh air ionnsachadh tro na bliadhnaichean a bha e air a bhith na òstair, nuair a thigeadh e gu miannan bunaiteach mic an duine tha sinn uile mar aon.

B' e sin an dearbh rud a thug a-steach dhan ghnìomhachas e, oir bha taobh aig Donnchadh a-riamh ri daoine is na sgeulachdan beaga a leanadh riutha. Bha grunn math bhliadhnaichean air a dhol seachad a-nis bhon a theann e ri uisge-beatha a reic bho thaigh a mhàthar ann an Iomachar air taobh an iar an eilein. B' ann bho fhad' is farsaing a thigeadh na daoine an uair sin gus tadhal len cuid naidheachd nan cois is tart orra. Bha màthair Dhonnchaidh, a bha air fuireach san taigh aice còmhla ri a mac nuair a chaochail athair, a cheart cho dèidheil air fearas-chuideachd agus b' iomadh oidhche shona a chuir an dithis aca seachad ri seanchas am measg an deagh chuideachd a bhiodh a' cruinneachadh mun teine mòna aca agus a' chuach a' dol mu thimcheall.

Bha cuimhne shoilleir aig Donnchadh air an latha fhrasach foghair a thàinig an t-atharrachadh iomlan air a fhreastal. Nuair a thàinig an gnog air an doras mun fhionnairidh, bha Donnchadh am beachd gur e neach-frithealaidh àbhaisteach a bhiodh ann. Bha e rud beag moch air an fheasgar gu dearbh is e dìreach air tilleadh bhon lot ach bha cuid ann a bha trom air an deoch a nochdadh aig uair sam bith tron latha. Nuair a dh'fhosgail e an doras b' e coigreach a fhuair e air a bheulaibh. Bha seacaid mharcachd is briogais leathair-fhèidh air le bòtannan suas gu a ghlùinean is cuip na làimh; trusgan a bha cho eu-coltach ri trusgan coitcheann muinntir na sgìre 's a ghabhadh. Nuair a thog Donnchadh a shùilean chunnaic e gun robh buidheann beag de dh'fhireannaich dhen aon ghnè stàiteil nan seasamh air cùl a' ghàrraidh is eich eireachdail air srian aca. An cois nan each sin bha trì mial-choin fhada pheallach a' riasladh. Gu aon taobh bha fìrinneach eile, fear bunach le gearran a cheart cho bunach ri thaobh.

'May we find some temporary shelter in your abode?' B' iad sin na faclan a thàinig às an duine. Choimhead Donnchadh le beagan iomagain air a' ghunna chaol crochte thar a ghuailne.

'Hunting. We're hunting.' Fhreagair an duine an imcheist ann an sùilean Dhonnchaidh.

Bha an dìle air a thighinn orra gu clis, mhìnich an duine agus gu dearbh bha coltas bog fliuch air. Bha an latha seilge aca air a mhilleadh orra, chuir e ris, am pùdar aca fliuch agus na fèidh air teicheadh a dh'ionnsaigh nam falachanan is a' cheò. Cha diùltadh Donnchadh iad, bha fhios aige air sin. An ceann mionaid no dhà bha na h-eich aca air an tasgadh sa bhàthaich is an gearran ma sgaoil san iodhlann. Chaidh am buidheann an uair sin a-steach tro dhoras ìosal an taighe iriosail. Lean na coin aca a-steach iad gu h-athaiseach agus air an cùl-san am fear beag brogach. Nuair a thog am fear sin a phlaide far a chinn san dol seachad, dh'aithnich Donnchadh gur e Fionnlagh òg a bh' ann, mac Raghnaill am breabadair taobh Ban-leacann. Abair gun robh trusgan neònach air nach fhacas a leithid air roimhe. Bha fèileadh beag ioma-dhathte mu ghlùinean a' ghille is breacan de chaochladh dhathan ma ghuailnean. Air a cheann bha bonaid le pìos fraoich crochte rithe is sporan molach mu ghobhal. 'S e rud a bh' ann an fhèileadh a chaitheadh na balaich 's dòcha a ghabhadh san arm, ach rud nach fhaicte air monadh no tuath san eilean fad iomadh bliadhna co-dhiù. Gu dearbh bha beagan nàire an sùilean an fhir òig nuair a choimhead e air an neach-aoigheachd aige.

'Oidhche Shamhna an e?' dh'fhaighnich Donnchadh dheth san dol seachad.

Rinn Fionnlagh faite-gàire frionasach ris, 'Seo an trusgan

a thugadh dhomh leis na h-uachdarain.' Dhìrich Fionnlagh e fhèin mas fhìor gun robh e pròiseil às. "'S mise an gille aca.'

Thug Donnchadh air na h-aoighean uasal suidhe air an dà bheing fhada dharaich a bh' aige an tac a' bhalla agus thilg e corra fhàd mòna bhon chliabh air muin an teine a bha a' cnàmh-losgadh ann am meadhan an t-seòmair. Thasgadh na gunnaichean caola aig na fir aig ceann aon de na beingean agus nuair a bha a h-uile rud rèidh chaidh Donnchadh is a mhàthair a shuidhe air iomall leabaidh dhùinte. Dh'fhan an gille Fionnlagh na sheasamh gu aon taobh.

'Sit boy!' dh'àithn aon de na h-uaislean is e a comharrachadh stòl dha agus chaidh Fionnlagh na ghurraban air cùl nan con a bha nan sìneadh gu dòigheil air beulaibh an teine a-nis.

Theann na h-uaislean ri cabadaich nam measg fhèin. Ged nach robh a' Bheurla aig Donnchadh cho math sin aig an àm, b' aithne dha air fuaim is ruitheam na cainnte nach b' e sin an cànan a bha air teanga nan aoighean, fiù 's le blas neònach na Beurla a bh' aca. Ge b' e dè a bh' ann b' e cànan tarraingeach ceòlmhor, smaoinich Donnchadh, agus na faclan a' dol suas is sìos mar thuinn nan deann gu cladach. Bu neònach leis mar a bha gluasad bodhaige an cois cha mhòr gach facal. B' e an aon duine a dhèanadh a leithid a b' aithne do Dhonnchadh am ministear 's e sa chùbaid. Ach an coimeas ris na gluasadan gramail a dhèanadh am ministear, bha gluasadan nan uaislean aighearach is aotrom. A rèir an lachanaich a bha a' puingeachadh a' chòmhraidh bha tòrr math fealla-dhà an lùib a' ghnothaich.

Thàinig e a-steach air Donnchadh nach bu mhiste dha beagan teas a chur an dà chuid ann am bodhaig is teanga nan aoighean agus dh'fhalbh e dhan cheann shuas far an tug e a-mach aon de na crogain a bha taisgte fon leabaidh is cuach far sgeilp. Às dèidh dhan chuach a dhol mun cuairt, leis an neactar Arainneach na broinn, theann a draoidheachd air greimeachadh air a' chuideachd, a bha a-nis coma de dh'fhuaim na dìle a-muigh a bha a' sgiùrsadh ballachan na fàrdaich, no friog-frag a' chorra bhoinne a bha a' drùdhadh tron tughadh.

Air dha abhsadh a thighinn air a' chòmhradh, thionndaidh am fear aig ceann na beinge as fhaisge air Donnchadh ris agus thuirt e, 'Will you recite us one of your stories? I am told every Gael has a head full of fine yarns. You will have a few yourself.'

Choimhead Donnchadh mu thimcheall air gu frionasach. Bha an duine ceart oir bha cliù aig Donnchadh mar dheagh sgeulaiche, aon dhen fheadhainn a b' fheàrr air an eilean gu dearbh, ach ann an inntinn Dhonnchaidh bha na sgeulachdan aige air an dlùth-cheangal ris a' Ghàidhlig chun na h-ìre agus gun robh e teagmhach gum biodh e comasach dha an gearradh bhon chànan mhàthaireil aige agus an ceangal às ùr ri cànan nach buineadh dha is nach robh aige gu siùbhlach. Co-dhiù rinn e a dhìcheall is e gun roghainn aige.

'There was a piper. His name it was Currie. He went with his dog at his foot into a cave you see. Uamh an Rìgh we call it. The Cave of the King. Where the Robert am Brusach he saw the… the… wee beastie.'

'The spider.'

'Yes, sin e, the spider.'

Lean an stòraidh mar sin, gu cliobach, gus an do chailleadh an dearbh phìobair agus a nochd an cuilean a bh' aige na chois ann an Cinn Tìre 's e rùisgte gun aon ghaoisid air fhàgail air a chorp. Mar sin dh'fhalbh leth-uair eile làn seanchais is fearas-chuideachd gus an do shocraich an dìle agus a dh'fhàg na h-aoighean an fhàrdach. Chaidh Donnchadh is an gille a dh'iarraidh nan each. B' ann gu cugallach a dhìrich na h-uaislean air ais air am muin fo bhuaidh na dighe agus a thug iad a' mhòinteach orra gu ruige an caisteal agus na coin aca air cùl an sàilean. Cha d' fhuair iad an damh eireachdail a bu dual dhaibh nuair a thog iad orra sa mhadainn 's dòcha ach fhuair iad latha a mhaireadh nan cuimhne agus a rachadh ath-aithris ann an cùirtean is lùchairtean air feadh na Roinn Eòrpa. Nuair a thill Donnchadh dhan taigh fhuair e gun deach dà bhonn-airgid fhàgail air a' bheing.

Cha robh dad a dh'fhios aig Donnchadh gur e an Diùc fhèin agus cuid de na h-uaislean a bha càirdeach dha a bha air a bhith san taigh aige gus an latha a thàinig am bàillidh a thadhal air. San àbhaist b' e droch naidheachd a thigeadh an cois a' bhàillidh agus cho luath 's a chunnaic Donnchadh an duine aig ceann a' bhealaich air muin an eich bhric liath aige, 's e a' dèanamh air an dearbh thaigh aige fhèin, bha e air a h-uile crogan is cuach san taigh a chur am falach. Chuir e an t-seacaid a b' fheàrr a bh' aige uime mus do fhreagair e an gnog pongail air an doras. Chrùb am bàillidh fon chòmhla agus le aon cheum daingeann bha e thairis air leac an dorais agus na sheasamh air an ùrlar bheag.

'I have a message from the Duke,' thuirt e. 'I am to thank you for your hospitality.' Neo ar thaing modhalachd an duine, bha e follaiseach do Dhonnchadh gur ann le aindeoin a chaidh an teachdaireachd aige a thoirt seachad. 'I am to inform you that you may be called upon to offer hospitality at some point in the future. You shall be notified.' Dh'fhalbh am bàillidh cho ealamh 's a thàinig e.

Ged nach fhacas le Donnchadh an Diùc fhèin tuilleadh, 's iomadh duine uasal de a leithid a thigeadh a thadhal air às dèidh sin agus iad air turas dhan eilean. Rinn e obair air a chuid Beurla gus an cuireadh e na faclan an alt a chèile cho math ris na h-aoighean ged a chùm e am blas Gàidhealach aige cho math ri cuid de na gnàthasan-cainnte a thugadh snodha-gàire air na h-uaislean, agus chuir e lìomh air na faoin-sgeòil a bha cho tarraingeach dhaibh. Ged nach rachadh e cho fada ri rud cho gòrach ri fèileadh a chaitheamh, bhiodh breacan thar a ghuailne a fhuair e bho bhràthair a mhàthar a bha uair san airm, is bonaid air a cheann nuair a bhiodh cèilidh nan uaislean san amharc. Dhèanadh e cinnteach gun robh an teine mòna a' losgadh gu math is chàradh e a mhàthair air stòl air cùl na cuibhle-shnìomha los gur e sin an sealladh bu dùthchasail a gheibheadh an luchd-tadhail aige air an fhàrdaich nuair a chrùbadh iad a-steach tron doras bheag gu far am biodh a' chuach a' feitheamh orra agus uair a thìde no dhà de sheanchas.

Bheireadh e an seann chlaidheamh meirgeach a bhuineadh do a shinn-sheanair às a' chiste agus dh'innseadh e do na h-aoighean gun deach an dearbh bhall-airm a chleachdadh aig Blàr Chùil Lodair, agus mar a gheàrr e na cinn glan far guailnean trì saighdearan-dearga is e ga smèideadh air a' bheulaibh mar gun robh e fhèin aig uchd a' bhlàir san dearbh mhòmaid sin. Chuireadh e gaoir air a luchd-èisteachd le sgeulachdan uamhalta mu bhòcain is ùruisgean, biastan is buidsichean. Nuair a bheireadh e iomradh air maighdeann bhòidheach a chaidh a thoirt am bruid le fuamhaire iargalta no a chaidh an riochd ròin, shealladh e gu dìreach ann an sùilean nam boireannach mar gur ann orrasan a bha e a' bruidhinn. Bheireadh e dòirneag uaine a fhuair e air a' chladach a-nuas bhon sgeilp is theireadh e gun deach a toirt do shinnsear aige leis na sìthichean is gun robh cumhachd draoidheil aice; no gun robh an dà shealladh aig a mhàthair. Dh'innseadh e dhaibh seanchas sam bith a thigeadh rin càil ge b' e an fhìrinn ghlan no ròlaist a bh' ann. Bha dòigh mhath aig Donnchadh le daoine is rachadh aige air an luchd-èisteachd a chur fo sheun an ceann beagan mhionaidean agus air an cumail fodha gus an tigeadh an t-àm dealachadh. Bhiodh corra bhonn daonnan air am fàgail aig ceann na beinge às an dèidh. Gheibheadh na daoine àbhaisteach a thadhaileadh air san eadar-ama, a cheart uiread de thlachd às na sgeulachdan a dh'innseadh e dhaibh mu dhol a-mach nan uaislean is mar a ghabhadh iad ris gach ròlaist a bheireadh e seachad dhaibh.

Nuair a chaidh an seann òsta fon chaisteal a sgeadachadh às ùr agus mullach sglèata a chur air, b' e Donnchadh a fhuair an cuireadh a bhith na òstair ann. Cha b' e ruith ach leum do Dhonnchadh greimeachadh air a' chothrom adhartas a thoirt air a bheatha agus an seann taigh-tughaidh truagh aige fhàgail air a chùlaibh. Fhuair Donnchadh is a mhàthair seòmar seasgair an urra sa gharrad fo na sglèatan far nach biodh feum aca tuilleadh air leabaidh dhùinte a chuireadh stad air sileadh bhon mhullach os an cionn no a ghlèidheadh am beagan teas a dh'fhàgadh an teine mòna san aitreabh. Bha dà bhliadhna shona gu bhith romhpa an sin a' frithealadh an iomadh gnè duine a thigeadh tro dhorsan an àite gus an do chaochail màthair Dhonnchaidh. Bha ionndrainn mòr air a bhith air Donnchadh bhon uair sin, oir ged a bhiodh e gu tric an cuideachd dhaoine, b' i a mhàthair an aon duine a bha faisg air. Ged bu tric a chunnacas e an cuideachd bhannail chan fhacas a-riamh e le boireannach na chuideachd, rud a dh'adhbharaich amharas is fathannan. Ach bha daoine ro mheasail air Donnchadh gus ceistean a thogail agus bha iad deònach gabhail ri aineolas mu bheatha phearsanta an fhir cho fad 's a dh'fhanadh e air cùl dhorsan dùinte.

Moch madainn an taisteil thug Donnchadh a sheacaid thiugh bhon tarrag cùl an dorais agus thionndaidh e ris an fhear òg a bha na shìneadh air an leabaidh, 'An sìn thu thugam an crogan?' thuirt e. Dh'èirich am fear òg, geal mar aingeal, dearg rùisgte is rinn e mèaran sàsaichte. Chaidh e a-null gu far an robh an crogan na laighe san oisinn, rug e air chluais air is thug e a-nall gu Donnchadh e. Rug esan air an dàrna cluais agus airson tamall beag dh'fhan an crogan crochte san èadhar eatarra. Le a làimh eile tharraing Donnchadh am fear òg thuige agus thug e pòg neartmhor dha air na liopan.

'Feuch an cùm thu an t-àite an deagh òrdugh fhàd 's a bhios mi air falbh. Na bean ri deur is tu air cùl a' chunntair. Nis, thalla is till dhan t-seòmar agad mus tig duine a-steach.'

Leig an gille às an crogan agus rinn e gus falbh.

'Agus aon rud eile,' dh'èigh Donnchadh às a dhèidh, 'ma tha thu airson do chraiceann a chumail air d' fheòil, mholainn-sa dhut gun smid a ràdh mu ar deidhinn-ne.'

Phaisg Donnchadh an crogan anns a' phlaide a bha e air càradh air an t-sèithear ri taobh an dorais an oidhche roimhe is dh'fhalbh e. Mus robh duine eile air nochdadh aig a' chidhe bha e mar-thà air teàrnadh a-steach dhan eathar agus an crogan air a thasgadh am falach fon tobhta dheiridh.

*Sin iad a-rèiste, an sianar shaoranach Arainneach. Sia stèidhean coimhearsnachd deiseil gus breitheanas a thoirt a-mach air an co-shaoranaich a bha a' feitheamh orra aig an dearbh àm sin ann am prìosan Inbhir Aora. Ach cò am fear sin air muin eich le ad àrd air a cheann agus còta earbaill mu chom a tha a' cromadh ris a' bhruthach dhar n-ionnsaigh? Am bàillidh cha chreid mi. Tha e a' teàrnadh bhon each leis an each-luasg aige na làimh is a' ceangal an eich ris an fhàinne iarainn aig ceann a' chidhe.*

'Good morning gentlemen!' ars esan. 'It appears the weather has turned in our favour. With God's blessing you will make it to Inverary in time for the Session.'

Thàinig e a-null far an robh am buidheann air cruinneachadh aig ceann a' chidhe agus rug e air làimh air gach fear, fear mu seach. 'Well,' lean e air, 'you will all be understanding of the duty that has befallen you and the responsibilities that attach to it. You are the representatives of this island while you are abroad and consequently of the Duke himself and as such he expects nothing less than that your conduct is exemplary. He has asked me to convey that he wishes you God speed. We shall hear news of proceedings in due course.'

# Diardaoin

LE BEANNACHADH a' cheannais aca bha e ceadaichte a-nis do na fir falbh. Theann iad mar aon ri oir a' chidhe agus thug iad sùil a-null dhan bhàta a bha a' feitheamh orra aig bonn staidhre cloiche fòdhpa. B' e sin an t-eathar a sholair am marsanta Leaspaidh dhan triall air beagan cosgais dhan Diùc. Cha robh esan an dùil leigeil le cothrom air beagan teachd a-steach a thoirt às an iomairt a dhol seachad air. Cho luath 's a thàinig fios thuige gum biodh aiseag a dhìth, bha e air eathar a chleachdadh e gus siubhal eadar na bàtaichean a bu mhotha aige is an tìr, a thabhann air a' bhàillidh. B' e Dòmhnall a chuir an cèill faireachdainnean chàich, 'Abair ablach de bhàta a thug thu dhuinn a dhuine!'

B' aithne dhàsan gur e seann 'Jolly Boat' a bh' ann, mar a theirte ris a' ghnè bàta sin a rachadh a chleachdadh leis a' Chabhlach Rìoghail airson bathar is daoine a ghiùlan eadar bàtaichean mòra is tìr, ach gun robh grunn math bhliadhnaichean air a dhol seachad bhon a sheòl am fear seo air uachdar na mara son a' chiad uair agus beuman às an t-slat bheòil 's am peant caithte. Bha na sia ràimh air an tasgadh ri cliathaich a' bhàta air muin nam beingean is seòl canabhais agus an t-slat aige air a pasgadh fon chrann stobach aig an toiseach. Thomhais Dòmhnall nach biodh ach mu 16 troighean innte; 18 aig a' char as motha.

'Eathar beag diongalta a th' innte. Bha i aig Trafalgar fhios agad.' Chuir Leaspaidh dìon air fhèin.

''S fhada bhon uair sin!' Cha robh an seann mharaiche a bh' ann an Dòmhnall gu bhith air a mhealladh le briathran faoin Leaspaidh. 'Ach thèid mi leat gu bheil coltas oirre gun robh i ann am batail ceart gu leòr. 'S e an aon fhurtachd a gheibh mi nuair a thèid i fodha gun tèid thusa a bhàthadh aig an aon àm riumsa!'

Nan robh coltas an iomagain air Joshua am muillear roimhe, cha robh seanchas a dhithis chompanach na chuideachadh agus chaidh gaoir troimhe. Thug e a chreidsinn gur e fuachd a bh' ann, is e a' suathadh a làmhan ri chèile.

Theàrn na fir an staidhre is dhìrich iad a-steach dhan eathar, Dòmhnall air thoiseach air càch. Ghabh e àite aig deireadh a' bhàta is an còrr air a shàil le Joshua aig an cùl. Leis a h-uile duine na àite chaidh na ròpannan fhuasgladh bho na fàinneachan iarainn ann an cliathaich a' chidhe agus bha am bàta saor bho dhaorsa na tìre gus iomradh a-mach tro bheul a' chala is ràmh ann an làmh gach ceatharnaich. An sin ghabh i àite iriosal am measg nan iomadh bàta, beag is mòr, a bha a' frithealadh uisge farsaing Chluaidh. Thall air fàire, le tìr-mòr air an cùl, bha deannan long-seòlaidh a' dèanamh an slighe a-mach is a-steach air an abhainn, agus far baile na Leargaidh Gallta bha bàta beag smùid, sealladh a bha a' sìor fhàs nas cumanta, a' sgeitheadh toit dhubh dhan adhar. Mun iomadh port beag, sgapte mu chostaichean na linne, bha eathraichean is sgothan iasgaich a' sgaothadh mar chuileagan.

Mar a bhiodh a h-uile eileanach aig an àm, bha gach ball dhen sgioba beag cleachdte ri maraireachd agus cha tug e fada gus an do ghreimich lannan nan ràmh aca ris an fhairge is a theann am bàta ri steudadh air adhart. Gach ball ach Joshua. Cha b' urrainn do chàch gun a bhith mothachail air cho uireasbhach 's a bha an t-iomradh aigesan agus an ràmh aige a' sìor thoirt sgleog neo-èifeachdach air uachdar an t-sàile is e a' dol am bad an ràimh aig Iain air a chùl. Lean iad gàirdean a' bhàigh gu ruige an rubha aig a cheann far an glacadh an t-eathar an sruth-mara is a' ghaoth a bheireadh iad suas an costa. An sin thugadh na ràimh a-steach agus chuireadh an seòl beag an-àird. Chuireadh Dòmhnall aig an stiùir leis gur esan a b' eòlaiche air maraireachd. Bu tric a chluinnte e ag ràdh gun robh làimhseachadh bàta mar làimhseachadh boireannaich; ged a bhiodh iad a' freagairt air tràchdadh daingeann aig amannan, 's e cniadachadh is suairceas as motha a bheireadh orra gabhail ri do thoil. Ach cha robh am bàta seo a' tighinn ri càil Dhòmhnaill oir dhèanadh i a toil fhèin ge b' oil le ealantas. Leis gach oiteag bheireadh i leum a' tulgadh mar bhoc fèidh as t-earrach. B' ann air èiginn a chùm Dòmhnall dìreach i. Le othail slapadh an t-siùil is slàr nan tonn air sròn a' bhàta, cha robh còmhradh comasach do na fireannaich. Ach ged a bhiodh, cha robh cus miann aig fear seach fear dhiubh air bruidhinn is iad uile dùinte a-staigh sna smaointean buaireasach aca fhèin is othail na mara gam maistreadh am measg a chèile.

'S dòcha gur ann air sgàth gun robh Dòmhnall air falbh bho bhraighdeanas obair an iasgaich is dleastanasan teaghlaich, a fhuair e gun robh ìomhaighean a bheatha chaillte thar chuain a' brùthadh a-steach air aigne. 'S dòcha gur ann air sgàth 's gun robh e ann an seann eathar a' Chabhlaich Rìoghail an cuideachd buidheann fhireannach, a bha a smaointean a' tionndadh gu an iomadh duine a b' aithne dha aig muir, cuid a chailleadh, an còrr nach b' aithne dha tuilleadh is nach robh ach nan taibhsean dha a-nis a thathaich an oiseanan dorcha inntinn. Agus an sin, as nochdte nam measg, an t-aodann aig Niall Mac a' Phì agus na sùilean casaideach aige a' coimhead gu dian air bhon uisge, a' dealachadh gu mall ris, is gach àmhghair a dh'fhuiling e thar nam bliadhnaichean sin air a ghiùlan san tuar sin, ciont ga lèireadh gur esan a thàrr às. Carson nach b' esan a chaidh suas an crann an latha ud? Cha robh adhbhar nach b' urrainn dha sùil a thoirt air mar a bha a' dol dha charaid an àite a bhith air a chrochadh thar an tafrail a' coimhead an dàrna taobh. Nan robh e fhèin air leumadh a-steach dhan t-sàl am biodh e comasach dha ceann a charaid a chumail an-àirde gus an tigeadh cobhair? On a thill e, bha e air pàrantan Nèill a sheachnadh is leisgeul daonnan deiseil aige air a theanga; ro thrang, cus astair ann eadar iadsan is esan. Dè am math a dhèanadh e co-dhiù? Cha toireadh e air ais am mac aca. Ach nach robh an t-àm ann aghaidh a chur orra agus an fhìrinn innse dhaibh mu mar a thachair dhan ghille ghaolach aca?

Bha inntinn Leaspaidh am marsanta ri thaobh a' siubhal an iomadh gnìomh a bhathar a' toirt a-mach às a leth aig an dearbh àm sin sna sgìrean mu thimcheall agus gach uile rud a dh'fhaodadh a dhol ceàrr às aonais a dheagh stiùiridh.

Nan robh Iain, a bha na shuidhe air a bheulaibh, dhen bheachd gun toireadh an t-astar a bha e a' cur eadar e fhèin agus an tac aige beagan faochaidh dha bho imcheist, bha e air a mhealladh. Mar a bu mhotha a leudaich an t-astar, b' ann a bu shoilleire a chitheadh e an dà chuid an staing a bha a' teàrnadh orrasan a dh'fhàg e air a chùl is a' phàirt a chluicheadh esan sa chàs aca. Ach nas gràinde fiù 's na sin dha, b' e mar a bha e fo dhaorsa aig na h-ùghdarrasan is gach gluasad is gnìomh aige fo sgrùdadh. Cha robh duine ris am bruidhneadh e is fios aige air a' bheachd a bhiodh aca air a' chùis. Chuir e roimhe cho beag a ràdh rè an turais 's a b' urrainn dha air eagal 's gum brathadh e air fhèin.

Bha an gobha, Pàdair, air ithe le mìothlachd do na daoine mu thimcheall air is amharas aige gum biodh fios aig co-dhiù cuid dhiubh air mar a thachair dha, oir bu luaithe a nochdadh mìr sgainneil na bhiodh e am beul a' bhaile. Nach iad a mhealadh droch naidheachd mar sin mu chuideigin a bha air a bhith cho cràbhach is cho coireachail mun dol a-mach aig cach?

Ach dè as adhbhar dhan imcheist aig Donnchadh is coltas cho saoirsneil air is a chogais an ìre mhath glan? Bu mhealltach an coltas sin ge-tà, oir air cùl a shùilean ciùine bha inntinn ag obair air na sgeulachdan beaga a lean ris gach fear a bha na chuideachd is air an robh e cho mion eòlach; cò a rinn dìmeas air cò, cò aige an robh airgead air cò, cò a chaidh a-mach air cò; cuine is carson, is mar sin air adhart. Ach eadar gach mìr fios a bha a' riasladh na cheann bha aon phìos a bhuair e thar chàich agus b' e sin an t-eòlas a bh' aige air cò ghin an leanabh a bha ag at am broinn na mnà aig Pàdair, agus gun robh an dearbh fhear mar phàirt dhen sgioba aca.

Agus Joshua. Joshua an truaghan. Bha esan ann an suidheachadh a bha cha mhòr do-fhulang dha. B' ann o chionn bliadhna a-nis a thachair an oillt sin a thilg sgàil dhorcha air an dàimh eadar e fhèin is an tuath mu thimcheall air. A dh'aindeoin gach oidhirp a rinn e gus mar a thachair a chur dhan dàrna taobh bha e air leantail ris mar mhallachd. Bha e ga leantainn san fhaileas dhorcha sin ann an sùilean nan daoine a bhiodh ga shìor dhìteadh. An àite an dearmaid, no dìmeas aig a' char a bu mhìosa a chitheadh e annta roimhe, bu tric a-nis a shaoil leis gur e gràin a chitheadh e. Cha b' iongnadh gum biodh iad air an uabhasachadh le bàs a' ghille ann an suidheachadh a bha dòrainneach, thuig e sin. Ged a bha e deimhinnte às gun robh e air a bhith air taobh a' cheartais, chan eil sin a' ciallachadh nach biodh teagamh no ciont ga bhuaireadh bho àm gu àm. Bhon latha ud cha bhiodh e gu bràth a' faireachdainn gu tur cofhurtail, no fiù 's sàbhailte, ann an cuideachd a choimhearsnach.

Bha na fir a bha mu thimcheall air nan coimhearsnaich

dha ceart gu leòr ach bha o riamh astar ann eadar e fhèin is iadsan, is iad a-nis an guaillibh a chèile, cho faisg 's gum b' urrainn dha samh am bodhaigean is an anail fhaireachdainn. Ged a b' fhìor e gus nach b' e, dh'fhairicheadh e an gamhlas a bh' aca dha.

Na inntinn bha e mar chù a lorg e fhèin am measg treud mhadaidhean-allaidh. Cho fad 's a chumadh e a cheann an-àirde agus a nochdadh e ùghdarras, ghabhadh iad ris, ach cho luath 's a nochdadh laigse rachadh fheòil a reubadh bho a chnàmhan. Bha coltas taibhse air is an tuar aige bàn. Cha b' e a-mhàin gun robh na smaointean aige ga bhuaireadh ach bha teinnead a' snaidhmeadh na bhrù is òrrais ag èirigh na sgòrnan. Bu tric a chuireadh brù Joshua dragh air. Chan fhuilingeadh i droch dhìol na mara.

Aig baile Shannaig pìos beag suas an costa, gheàrr an t-eathar a-steach dhan bhàgh gus an dèanadh an sgioba aice dileag agus sròn a' bhàta air a slaodadh a-nuas air a' ghainmhich. Dh'fhan Joshua air a' bhàta fhad 's a leum càch thar a' chliathaich gus an gnìomh beag aca a thoirt a-mach. Nuair a bha e cinnteach gun robh càch a' coimhead an dàrna taobh, chrom e thar a' chliathaich is leig e leis an t-suail dìobhairt sgiordadh às a bheul dhan fhairge.

Bho seo lean am bàta oirre seachad air sgìre a' Choilich aig ceann a tuath an eilein agus an sreath de bhailtean beaga a ghreimich ri cliathaichean casa an t-slèibhe an sin; Lagan, Lag an Tuim, Cuithe, agus an Coileach fhèin, na taighean aca a' dol leis an leathad, is coltas orra gum biodh iad aig uair sam bith a' sleamhnachadh dhan mhuir fòdhpa. Bha sgiobannan de luchd-buana a' fiaradh thar nan achaidhean le spealan nan làimh is prasgan cloinne a' riasladh uime an siud 's an seo. Ann an claisean nam beann os an cionn bha corra fhiadh a' cumail faire bho gu h-àird. Smèid fear de na sgiobannan orra san dol seachad is iad a' togail nan

## DIARDAOIN

spealan os an cionn. Smèid Iain, am fear-tac, air ais riutha, is esan càirdeach do mhuinntir na sgìre. Bha e beagan às dèidh meadhan-latha nuair a ràinig iad Loch Raonasa aig fìor cheann a tuath an eilein agus a gheàrr iad a-steach ann fo sgàil an t-seann chaisteil a bha air a bhith na fhreiceadan air beul an inbhir fad còig ciad bliadhna. Fo sin bha bannal ri feamnadh, crom os cionn brat sleamhainn feamad agus an casan rùisgte falaichte na mheasg fo na sgiortaichean fada dròogaid aca, beannagan mun ceann. Pìos beag suas an cladach dh'fheith na clèibh aca air an luchd is brògan nam boireannach taisgte rin taobh. Umpa sin bha cuanal cloinne ri bìogail is bogail. Cha do thog na boireannaich sùil bhon obair aca ach cò bha san dol seachad is iad ann an rèis leis an làn. Air an cùlaibh bha corra eathar-iasgaich air a shlaodadh ris a' mhol a' feitheimh air beul na h-oidhche nuair a rachadh iad a-mach air tòir an sgadain.

Bha an smac an *Annie Crawford* aig Teàrlach MacEamailinn na laighe aig acair mar a bhathar an dùil is i air siùdan gu socair sna tuinn chaithte a bha a' faighinn a-steach gu taobh a-staigh an inbhir. Chaidh a chur air dòigh gun toireadh i tobha dhan eathar aig na fir thairis air a' chaolas gu beul Loch Fìne agus i air a slighe dhan Tairbeart le bathar. Bha cruth tacail Theàrlaich fhèin na sheasamh air bòrd an smaic gus fàilte a chur orra is an gille caol aige na chois. Thàinig an t-eathar ri taobh an smaic is chaidh fir an eathair air bòrd innte. Thog Teàrlach an ròpa bho shròn an eathair agus cheangail e sin ri cnag aig cùl an smaic fhad 's a dh'obraich an gille leis an unndais aig an toiseach. A dh'aindeoin a dhealasachd, cha robh an gille a' faighinn air an acair fhuasgladh bhon ghrunnd agus chaidh Teàrlach a-null gus a chudrom fhèin a chur ris a' ghàd. Bu ghann gun robh am balach a-mach à briogais ghoirid agus bhiodh bliadhna no dhà de shaothair a dhìth air fhathast mus biodh fèithean teann a' mharaiche air agus mus tigeadh dath nan sian air a chraiceann gheal leanabail. Thog iad am brat mòr agus rinn an sgoth a slighe gu h-athaiseach gu ruige beul na linne is an t-eathar saor-ghluasadach a' tighinn fo stiùir air ceann an ròpa. An sin chaidh na siùil toisich a thogail is an uair sin an seòl uachdarach, agus leis a' ghaoith air a cùl is a siùil sìnte air gach taobh dhith, thog am bàta oirre mar eun-mara mòr a' falbh air iteig thar druim a' chuain.

Bha am muir air socrachadh is roghnaich na fir fuireach air an deic sìnte an tacsa na slaite-beòil. Nuair a bha iad pìos beag a-muigh, thug an sgiobair air a' ghille am falmadair a ghabhail is sròn a' bhàta a chumail eadar an Sgat Mòr is an Sgat Beag. Chaidh e an uair sin a shuidhe còmhla ri càch is e a' toirt pìoba chrèadha às a phòcaid broillich. Stob e tombaca na ceann bho thiona às an aon phòcaid le pìos caiteis air a mhuin. Bhon phòca eile fhuair e cruaidh is spor a bhuail e ri chèile an taca ri bòla na pìoba gus an do nochd èibhleag agus thog e a' phìob dhan adhar gus an sèideadh a' ghaoth air an èibhleig. Leis an tombaca air lasadh thug e tarraing dhomhain air ceann na pìoba.

'Siuthadaibh a bhalachaibh,' thuirt e, is na faclan a' tighinn às a bheul leis a' cheò, 'dè bhur naidheachd?' Theann na fir ri còmhradh is fealla-dhà. Shlaod Dòmhnall pasgan nan sgadan-rèisgte bhon gheansaidh aige agus chuir e air an deic iad. Dh'fhuasgail e an còmhdach anairt, 'Sin sibh, dallaibh oirbh,' thuirt e. Theàrn na fir air an iasg mar bheathaichean cìocrach is iad gan reubadh nam mìrean. Thug Iain a-mach a chuid aran-coirce is chuir e mu thimcheall iad. 'Cha bu mhiste sinn toradh na talmhainn a chur ri toradh na mara,' thuirt e.

Chualas na faclan Beurla aig Joshua ag èirigh tron Ghàidhlig, 'If you will excuse me gentlemen, I believe I will retire below decks awhile.' Le sin dh'èalaidh e tron t-saitse a-steach dhan bhulg far an deach e na chrùban am measg pocannan mine is seidean sglèata. Cha b' e dìreach nach robh e a' leantainn còmhradh a chompanaich a bha a' cur dragh air Joshua, ach leis gach leigeil anail an sgiobair bha e a' faighinn sgòth de thoit gharg an clàr aodainn air a measgachadh le samh an èisg, rud nach robh a' cuideachadh le èiginn a mhionaich a bha a-nis ga lèireadh. Cha tug e fada ge-tà a' faighinn a-mach nach robh cùisean dad na b' fheàrr fo dheic a' bhàta is fiamh an iomadh bathar a bha air a bhith innte fhathast a' tathaich an t-sluic, a' gintinn brot tiugh mùchach de dh'fhàilidhean. Cha leigeadh a phròis leis dìreadh an-àird a-rithist is dh'fhan e far an robh e. Chuala e na siot-ghàirean bho shuas. An ann airsan a bha iad a' fanaid?

A dh'aindeoin coltas saoirsneil an sgiobair gu h-àird, cha tigeadh na sùilean aige far cruth na tìre is staid na mara mu thimcheall air uair sam bith. Air dhaibh tighinn am fagas do na Sgatan thug e leum às dhan fhalmadair, a' stobadh na pìoba air ais na phòcaid. Ghabh e thairis bhon ghille e is chuir e car beag ann a thug air sròn a' bhàta tionndadh a-steach dhan ghaoith gus an robh i ag amas air beul Loch Tairbeirt an Ear. Dh'aom am bàta gu h-umhail leis a' ghaoith is na siùil uile gan rèiteachadh fhèin air an aon taobh. Chualas cnap bho shìos air a leantainn le brunndail mionnachaidh agus Joshua, nach robh an dùil ris a' ghluasad aithghearr, air sraonadh dhan làr. Aig ceann an locha choinnich iad ri sgaoth de sgothan-iasgaich is iad a' stealladh a-mach às nan aghaidh. Laigh iad thuige an sin greis gu aon taobh gus an robh a' chuid bu mhotha de na sgothan seachad orra mus do dh'amais iad air a' phort. Chaidh Dòmhnall an t-iasgair air a chasan is thug e a-nuas an seòl àrd gus cuideachadh leis a' ghille a bha a' sporghail leis an t-seòl-spreòid ann an oidhirp a thoirt a-nuas. Thug

Teàrlach air a' ghille gluasad dhan toiseach gus rabhadh a thoirt seachad nan robh bàta no sgeir gus tighinn san rathad orra agus rinn iad an slighe gu socair a-steach gu beul cumhang an locha, seachad air an eilean bheag a laigh greimichte eadar a ghiallan. Leagadh an sin am brat mòr is dh'obraich am bàta a-steach gu socair dhan chidhe fo chumhachd an aon siùil toisich a bha fhathast shuas.

Air dha na fir na siùil a phasgadh is a h-uile rud a chur an òrdugh, rinn iad air an fhàradh iarainn a bheireadh iad thar cliathaich a' chidhe suas gu ìre na sràide.

'Nach eil sinn air rudeigin a dhìochuimhneachadh!' thuirt Dòmhnall, is e aig a' chùl. Thug e sùil a-steach dhan bhulg agus sin e gu dearbh; Joshua fhathast na bhroinn le cas air creat a' feuchainn ri faighinn a-mach às an t-sloc is coltas truagh air. Thug Dòmhnall làmh cuideachaidh dha is tharraing e a-mach e. Chàirich e an duine air an fhàradh is thug e putadh aotrom air a mhàsan ga chur suas gu uachdar a' chidhe. An sin bha càch a' feitheimh am measg froiseadh de bhùird cutaidh, ròpannan, linn is cliabhan. Shìn Teàrlach an stuth aca thuca mus tàinig e fhèin is an gille às an dèidh.

Rinn iad an uair sin air a' bhràigh air cùl Caisteal an Tairbeirt gu far an robh an tac aig Eachann MacAlasdair a bha càirdeach do Iain MacDhonnchaidh air taobh a mhnà agus far an robh iad an dùil ri aoigheachd is cuid na h-oidhche. Bha iad an impis fiaradh suas am bhràigh nuair a ghròc Joshua riutha, 'I will leave you here as I will take lodgings at the Inn.'

'Do not trouble yourself Mr Stoops. We shall obtain a bed for you,' chuir Dòmhnall an ìre dha.

'It is a kind offer but my disposition requires a comfortable room and board. I will see you in the morning gentlemen. At sunrise.'

Le sin dhealaich Joshua ris na fir eile agus rinn e air an

òsta a bha na laighe pìos beag shuas an rathad bhuapa aig ceann a' chidhe is an ceò bho shimilear a' gealltainn cagailt a chuireadh blàths air ais dhan fheòil mheilichte aige.

Shuas aig an tac, fhuair Dòmhnall is Iain leabaidh sa cheann shuas aig taigh Eachainn agus chaidh a chur air dòigh gun caidleadh an gille aig Teàrlach shuas fo na cabair ann an leabaidh chrochte còmhla ri clann an teaghlaich. Bhiodh an ceathrar eile air an cur a-mach gu taighean san nàbachd nuair a thigeadh an t-àm a dhol a laighe. Air dhaibh uile deagh dhiathad de mhult-fheòil, buntàta, le deagh liacradh de dh'ìm leagte air am muin, is aran buidhe ithe mun teine ann an taigh Eachainn theann iad ri seanchas is naidheachdan. Mus robh a' chiad bhloigh naidheachd deiseil, dh'fhàg Pàdair an gobha soraidh aig càch is e ag innse dhaibh gum b' fheudar dha a dhol a laighe.

Air a shlighe thar an leathaid dhan taigh a chaidh a shònrachadh dha, bha dòrnan Phàdair a' teannachadh is na h-ìnean aige a' dinneadh a-steach do bhasan. Cha robh e ach beagan shlatan bhon taigh nuair a thuit e gu a ghlùinean agus a theann e ri rànail mar leanabh, na guailnean leathann aige a' tulgadh. Theann e ri ùrnaigh, gun toireadh Dia maitheanas dha mhnaoi, gun toireadh E maitheanas dhan pheacach a ghin an leanabh na mhnaoi, airson a' ghnìomha ghràineil. Gun toireadh e maitheanas dhàsan airson na gràin agus a' mhiann a bha ag èirigh ann gus bàs pianail neo-thròcaireach a thoirt dhan duine a bu choireach. Aon uair 's gum faigheadh e a-mach cò e.

Gu h-ìosal cha robh cùisean a cheart cho seasgair no ciatach do Joshua 's a bha e do na fir air an tac gu h-àird. Cha d' fhuair esan ach brot tana le aran blanndaidh mar dhiathad aig an taigh-òsta, agus an teine a chaidh a ghealltainn dha le ceò às an t-similear, fhuair e a-mach nach robh ann cha mhòr ach ceò is beag teas agus gun robh an ceò sin a cheart cho titheach air sèideadh a-steach dhan t-seòmar leis gach oiteag 's a bha e a dhol an comhair an dearbh shimileir. Spliathartaich am fiodh tais anns a' ghrèata. Rinn Joshua an aon rud a b' urrainn dha agus chaidh e a laighe is e an dùil gun rachadh a chor am feabhas le beagan cadail. Ged a bha an seòmar a fhuair e fuar bha an leabaidh cofhurtail, ach cha robh e gu bhith gu mòran feum dha. Bha a mhionach fhathast ga lèireadh le pràbladh a-nis a' sìor thighinn 's a falbh air agus a cheann a' sìor luasgadh mar gun robh e fhathast air bòrd bàta. Thug e greis mhath a' tulgadh bho thaobh gu taobh mus d' fhuair e air a chois agus a theann e ri spaidsearachd air ais is air adhart is na clàran a' dìosgail fo a chasan. Bha an seòmar dubh dorcha agus a' choinneal aige air a smàladh. Bha e ris a' chleas sin greis gus an do dh'èigh an duine an ath-dhoras air a bhith sàmhach is a chaidh e a sheasamh aig an uinneig. B' ann an sin a thug e an aire do sholas fann lanntair a' bogadaich mun chidhe. Chaidh a shùilean a ghlacadh leis an t-solas agus lean iad e thar uachdar na lamraig gu oir far an do stad e an sin greis ag udail sa ghaoith mus do dh'fhalbh e thar a' chliathaich agus a theann e ri teàrnadh gu ruige nan eathraichean fodha. Mura robh Joshua air a mhealladh, bha e a' dol sìos a-steach dhan eathar aca fhèin. B' e a' chiad smuain a thàinig thuige gur e gadaiche a bhiodh ann, no cuideigin a bhiodh ri miastadh air choreigin co-dhiù.

Dh'fheumadh e a dhol chun a' chidhe ach dè bha dol; cha rachadh aige air a dhleastanas a sheachnadh. Chuir e uime a chòta is rinn e air an doras. Stad e an sin tiotan 's e a' toirt fa-near nan cunnartan a dh'fhaodadh a bhith roimhe, drungaire air an robh an caothach, gràisg 's dòcha no duine fiadhaich a bhiodh armaichte. Thill e dhan rum agus thug e bogsa an daga às a bhaga is chàraich e air a' bhòrd ri taobh na leapa e. Nuair a thog e an gunna às

a' bhogsa laigh e gu trom is gu neònach na làimh. Bha e
air an gunna fheuchainn nuair a cheannaich e ann an Dùn
Èideann e ach bha grunn math bhliadhnaichean air a dhol
seachad bhon uair sin. Nuair a dhòirt e am pùdar a-steach
dhan bharaill bhon fhlasg, chuir e clisgeadh air gun robh
a làmh air chrith beagan agus a cheart uimhir de phùdar
a' dol air a' bhòrd 's a bha a' dol a-steach dhan gunna. Thug
e urchair bhon bhalg leathair agus às dèidh corra oidhirp
fhuair e air a càradh ann am beul a' ghunna air muin bad
cotain is phut e le uile neart e sìos dhan bharaill. Leis an
dinnsear paisgte an taca ris a' bharaill às ùr, theann e ri
beagan pùdair fhaighinn a-steach dhan mheanbh phana-
lasair, obair a bha nas duilghe fiù 's na am pùdar fhaighinn
a-steach dhan bharaill. Thug e greis mhath dha an corra
ghràn a bhiodh a dhìth fhaighinn a-steach ann is gob an
fhlasg-phùdair na chrith os cionn a' phana is am pùdar
a' dòrtadh air gach taobh dheth.

Chuir e a dhàrna làmh tiotan air a' Bhìoball a bha e air
a chur air a' bhòrd agus leis an daga aige na làimh eile air a
dhinneadh a-steach do phòcaid dhomhain a chòta, dh'fhalbh
Joshua a-mach dhan t-sràid shìos. 'S dòcha gum biodh e ro
fhada. 'S dòcha gur e sin a bha e ag iarraidh. Ach nuair a
dhlùthaich e ris a' chidhe bu lèir dha gun robh solas fann
a' luaisgeadh gu h-ìosal far an robh an t-eathar aca na laighe.
A' freagairt air, bha lòchrain nan sgothan-iasgaich a' priobadh
fada a-muigh aig muir mar sholais baile air flod. Bha e dìreach
gus sùil fhrionasach a thoirt thar a' chliathaich nuair a nochd
làmh bàrr a' chidhe leis an lainntear na ghrèim. Leig an làmh
às an lainntear aig oir a' chidhe agus thàinig an uair sin an
dàrna làmh a-nìos le oibseact eile na ghrèim a chàirich i ri
taobh an lainnteir. Nochd ceann an uair sin bàrr a' chidhe is
faileas na bodhaige dom buineadh e na dhèidh. Leig Joshua
leis dìreadh a-nìos dhan chabhsair mus do dh'èigh e air,

'Stop there!'

Bha an duine a-nis na sheasamh ma choinneamh. Nuair a thog e a shùilean gu Joshua, cò a bh' ann ach Donnchadh MacRaoimhin an t-òstair. Bha tuar taoiseach is beul liorcach an duine so-aithnichte fiù 's ann an sòlas fann an lainnteir. Thàinig sgàig air Joshua oir bha a-riamh gamhlas aige do Dhonnchadh a bha e a' meas mar sgimileir. Chuireadh e cais air mar a choimheadadh na h-uachdarain an dàrna taobh nuair a thigeadh e dhan dol a-mach mì-chneasta is am mì-ghnìomh a bhiodh a' dol san òsta ud fo na sùilean aca fhèin aig bonn a' chaisteil. Uair is uair b' e cluas bhodhar a thug am bàillidh do na faclan coiteachaidh aige mun t-suidheachadh neo-fhulangach sin às leth na clèire.

'What in God's name are you up to at this hour?' Agus nan robh na h-amharasan a bh' aige mu bheatha phearsanta an duine ceart, b' e peacadh dhen ghnè a bu mhiosa a bhiodh ann.

'Cùm do shròn ris a' ghnothach agad fhèin is cumaidh mise mo shròn ris a' ghnothach agamsa!'

'What are you mumbling there? King's English, if you please.'

'I left something of importance in the boat.'

Choimhead Joshua sìos ris an oibseact a bha an duine a' togail bhon chidhe. B' e crogan crèadha a bh' ann. Cha b' urrainn ach aon rud a bhith am broinn crogain mar sin.

'I hope that is not what I think it is.'

'Dè do ghnothach ged a b' e!'

Thàinig teannachadh obann air mionach Joshua is nochd drèin air aodann. Chrùb e beagan is shuath e a bhrù le dhàrna làimh, 's e a' toirt a chreidsinn gun robh e a' rèiteachadh a chòta. Ghreimich an làmh eile aige air an daga na phòcaid.

'That stuff you have in your hand is illegal as you well know.'

'Will you consider joining us for a dram? There is nothing warms a man's body, or his soul, more than a dram!'

'I would counsel you against blasphemy. The Lord's eyes are upon us.'

Thog Donnchadh an lainntear mar gun robh e gus falbh ach cha robh Joshua deiseil gus a' chùis a leigeil seachad, 'I demand that you remove the stop from that jug and that you empty its contents into the sea.'

Rinn Donnchadh gnòsadaich beag air cùl amhaich. Gun fhacal a ràdh thog e air a' suathadh seachad air Joshua. Shiab suail gràin tro aigne Joshua do gach feart an duine a bha a' falbh bhuaithe gu ruige a' bhràghad. Chuir e sgreat air mar a bha fhalt fada a' dannsadh air ghuailnean, an t-seacaid speisealta aige, a bhriogais theann, mar a bha e a' coiseachd gu spairiseil. Ge b' oil leis chaidh a shùilean a tharraing thuige.

Ghreimich làmh Joshua nas teinne air an daga. Bha fiodh is meatailt chruaidh a' ghunna a' tighinn beò is air a lìonadh le mì-rùn a shealbhadair. Thàinig e a-mach às a phòcaid a' slaodadh gàirdean Joshua na dhèidh is thug e air a' ghàirdean a chuimseachadh air druim Dhonnchaidh.

'Stop!' dh'èigh Joshua.

Chùm Donnchadh air.

Air a lìonadh le fearg is a cheann a-nis na thuaineal, chuimsich Joshua a ghunna air an adhar os cionn Dhonnchaidh. Cha chanadh e an do tharraing e air an trigear gus nach do tharraing ach b' ann le oillt a mhothaich e dhan òrd ga fhuasgladh 's e a' dol na dheann a dh'ionnsaigh na frizzen.

Ach, ged a thàinig an cnag beag agus a leum sradagan bhon spor, gu math no gu dona, cha tàinig an lasair no am brag ris an robh e an dùil. Dh'innseadh duine sam bith aig an robh beagan eòlais air gunnaichean nach losgadh pùdar a bha air a bhith am broinn bàta fliuch fad latha. Dhinn e an daga air ais na phòcaid is dh'fheuch e ri Donnchadh a leantail, a bha pìos math suas am bràigh a-nis. Leis nach robh lainntear aige fhèin bha an ceum cumhang na dhùbhlan dha is e a' cliobadh eadar clachan is poll. Air èiginn a chunnaic e solas Dhonnchaidh a bha a-nis pìos math air thoiseach air a' dol à fianais am broinn taighe.

Mionaid no dha às a dhèidh ràinig Joshua an taigh san dubharachd agus am plosgartaich aige a' lìonadh na h-àile tostaiche uime. Gun ghnogadh air an doras chaidh e a-steach. San leth dhorchadas air an taobh a-staigh chan fhaiceadh e ach faileasan ach dh'innis an crònan cabadaich is gàireachdaich gun robh deagh àireamh de dhaoine ri fearas-chuideachd air a bheulaibh. Ghlac toit thiugh na mòna is fàileadh garg an ola-èisg loisgte bho na crùisgeanan na sgòrnan. Rinn e casadaich is thionndaidh a h-uile duine dha ionnsaigh; cearcall aodannan glasa a' priobadh ann an solas fann nan lampaichean is an teine. Gu aon taobh bha Donnchadh a' lìonadh cuach bhon chrogan.

Dh'fhan Joshua a-nis tamall a' tarraing anail mus d' fhuair e air na faclan fhaighinn às a bheul, 'Must I remind you we all have a duty to behave with discretion. It is the purpose of our mission to judge our fellow men. How are we fit to judge others if we ourselves neglect the word of the Law.'

Cha tàinig facal bhon chuideachd ach siot-ghàire bho bhalach ann an leabaidh crochte gu h-àird.

'If you fail to desist from this conduct I assure you I am duty bound to inform your superiors, both spiritual and corporal, of your indiscretions on reaching home.'

Le sin dh'fhalbh e. Bha e letheach slighe air ais dhan òsta aige nuair a thàinig fuasgladh na mhionach; glugadh, gluasad, agus an uair sin fuasgladh nach gabhadh smachdachadh.

Bha bhriogais dìreach mu adhbrainnean nuair a thàinig an spreadhadh a bha bholcànach na neart. Beagan mhionaidean na dhèidh agus Joshua air ais na sheòmar thuit e dhan leabaidh. Gun fiù 's a chòta a chur dheth thuit e na chadal trom, mar leanabh.

Gu h-àrd, bu ghann a bha Joshua a-mach air an doras agus a' chuideachd air teannadh ri seanchas às ùr na dh'fhosgail an doras a-rithist le brag. Bha cruth tacail duine na sheasamh eadar dà bheul an dorais is òrd aige na làimh. Thàinig Pàdair a-steach agus sheas e air beulaibh na buidhne a bha a' coimhead air le iomagain.

'Tha làn fhios agam gu bheil fios agaibh mar a tha cùisean agus mura h-eil gum bi ann an ùine gun a bhith fada,' bha na faclan a' spliathartaich bho bheul ann am fras smugaid. 'Eadar mi fhèin is mo bhean, tha mi a' ciallachadh. An staid 's a bheil ise, gur e culaidh maslaidh a th' annam ged nach d' fhuair mi fhèin a-mach gus an-diugh. Chan eil dad a bheir toileachas dhuibh cho mòr ri dòlam ur nàbaidh.'

Chrath e an t-òrd air a bheulaibh.

'Gheibh mi a-mach cò a bh' ann mus ruig sinn Inbhir Aora; ge b' e dè an dòigh a dh'fheumas mi a chleachdadh.'

Bha e gus falbh nuair a thionndaidh e agus thàinig e an taobh a bha Donnchadh na shuidhe, 'A Dhonnchaidh,' thuirt e ris gu h-os ìosal, 'fiù 's ged nach biodh fios aig duine eile a tha beò air thalamh air mar a thachair, 's tusa am fear as fhiosraiche mun a h-uile mìr naidheachd a bhios a' dol. Feuch an toir thu seachad am fios a tha a dhìth orm mus ruig sinn ar ceann-uidhe.'

Bha blàths na h-oidhche air sgaoileadh ro fhuachd na teachdaireachd a chaidh a sparradh air a' chomann agus mar sin, air dha Pàdair siabadh às an doras, chaidh a h-uile duine a laighe.

# Dihaoine

DHÙISG IAIN IS solas fann na camhanaich ag aoidion a' steach dhan taigh aig Eachann 'ic Alasdair mun doras is na for-uinneagan. B' e a chleachdadh a bhith air a chois tràth gus cùisean a chur air dòigh air an tac aige mus nochdadh a cho-obraichean. Na inntinn bha e greis fhathast air an tac aige fhèin ann an Arainn agus e ag ullachadh son nan diofar obraichean a bha a' feitheamh air. Bha e air suidhe an-àirde na leabaidh mus do dhrùidh fàileadh cèin is fuaim srann a' chompanaich air aire is a thàinig e air ais gu far an robh e. Air a stiùireadh le gnàthas chùm e air a-mach air an doras co-dhiù. Fhuair e gun robh Eachann fhèin mar-thà a-muigh an sin is e a' tilgeil a sheacaid mu ghuailnean. Rinn iad fiamh a' ghàire fiosrachail ri càch a' chèile.

''S tu a rinn a' chùis orm faighinn air do chois an-diugh,' thuirt Iain ris.

Anns a' bhàgh fòdhpa bha na bàtaichean iasgaich a' tilleadh dhan phort gu màirnealach tro chòmhdach tana de sgleò a laigh air uachdar na mara mar gur ann tro aisling a bha iad a' gluasad is guthan tiamhaidh ag èirigh asta an-dràsta is a-rithist. Uime bha brèidean ceotha nan laighe sna claisean is sna lagan.

'Uill, a-nis, agus tu fhèin air do chois, bhiodh e cho math dhuinn sgrìob a thoirt mun tac còmhla.' Thog Eachann am bata a bha a' leigeil taic ris a bhalla agus thog an dithis orra suas an leathad mu na feannagan, cuid a bha air am buain, is cuid fhathast a' feitheamh air buain, is iad a' cabadaich mu mar a chaidh dhaibh tron t-seusan fàis.

'Am buntàta agaibh fhathast san talamh. Thog sinn an fheadhainn againne air eagal 's gun tigeadh an cnàmh orra ri linn na tha de dh'uisge air a bhith againn.' Sin aig Iain.

''S dòcha gun robh sibh ceart. Chì sinn nuair a thogas sinn an fheadhainn againn fhìn,' aig Eachann.

'An t-eòrna agaibh a' coimhead tarbhach ge-tà. Chaidh an cairteal cuid dhen eòrna againne a leagail leis a' ghaoith,' lean Iain air.

Agus an fhreagairt aig Eachann, ''S e bad fasgach a tha seo. Nam faiceadh tu mar a chaidh an sìol a sguabadh glan às na cinn aig taobh thall an taca. B' fheudar don chloinn agam sporghail mun talamh gus an tional!'

Stad iad tamall aig ceann an taca a' coimhead sìos thar nan rangan fheannagan a shìn bhuapa gu ruige a' chladaich fòdhpa.

''S iomadh dùbhlan a thig an lùib obair tuatha,' thuirt Iain.

''S iomadh. Ach 's e sin ar dàn cha chreid mi. A bhith ag obair gu cruaidh moch gu dubh, ann am fiachan, fo dhaorsa aig na h-uaislean.' Thug Eachann crathadh aotrom dha cheann mar gun robh e a' tilgeil bhuaithe an dubhachas a bha air tighinn air.

'Chan eil dol às ann, a bheil?' Chaidh Iain a bhìdeadh le ciont gu h-obann is fios aige gur e breug a bh' ann; gun deach aige fhèin air dol às a lorg agus bu daor a cheannach air a chuideachd, leithid Eachainn.

Lean tamall de thost mus do lean Eachann air, ''S dòcha gu bheil. An dùil am bi cùisean dad nas fhasa taobh thall a' chuain? Ann an Ameireagaidh, tha mi a' ciallachadh. Nach eil tòrr fearann math aca thall an siud? Cothroman gun àireamh.' Thug e gnog an comhair an leathaid a shìn air a chùlaibh mar gum faiceadh e troimhe glan thar na h-Atlantaig gu Ameireagaidh air an taobh thall.

'Cha bhithinn cho cinnteach às a sin. Tha mi air tòrr a chluinntinn mu dheidhinn; cuid a tha math, cuid nach eil cho math'.

Chrom an dithis air ais dhan taigh aig Eachann far an tug e ceum a-steach dhan stàball a bha làimh ris a dh'iarraidh na làire a thàmh na bhroinn. Dh'iomain e am beathach a-mach dhan iodhlann far an do theadhraich e ri cipean i, deiseil airson obair an latha agus an t-each a' crathadh a cinn gu dìan a' taisbeanadh a diomb gun robh an t-sìth aice air a bhriseadh cho obann. Chaidh Iain a-null thuice agus ruith e làmh thar a droma ga tomhas is ga meas, tro ghaoisidean righinn dh'fhairich e fèithean teanna a droma is a màsan gach taobh a cnàmha-droma agus e air fhilleadh le fàileadh an eich is arbhair mhilis. Dh'innis an dèinead an sùilean na làire gur e biast èasgaidh a bh' innte ged a bhiodh i froganach aig amannan; ach b' fheàrr sin buileach na each umhail gun spiorad.

''S e deagh each a th' agad an sin a charaid.'

''S i tha. Fhuair mi mar loth i. 'S mi fhèin a thug gu ìre i.'

Thill Eachann dhan stàball gus beagan saoidhe iarradh son an eich. 'Bidh mi gad ionndrainn gu mòr nuair a dh'fhalbhas tu.' Chuir e cagar an cluas an eich is e a' tilgeil na saoidhe fo sròin. Agus gu Iain, 'Chan eil each tuatha gu mòran feum dha duine gun tuath a bheil?'

Thug Iain sùil cheasnachail air a chompanach, agus chùm Eachann air, 'Tha e dèanta, fhios agad, an turas cuain a dh'Ameireagaidh air a chur air dòigh dhuinn mar-thà. Tha mi an dùil ri pìos fearainn ann an Canada Àrd ma thèid leam. Chan ann leinne a tha an t-àm ri teachd an seo. Creid mise nuair a chanas mi riut gu bheil sinn air a dhol ris gach car is tionndadh a thàinig nar rathad gus greimeachadh air a' phìos shuarach, chreagach talmhainn a tha seo. Ghabh sinn ri obair na ceilpe nuair a chaidh a sparradh oirnn. Chaidh sinn an sàs ri cùiltearachd is tarraing uisge-bheatha agus sin gun roghainn againn is am màl a' sìor èirigh. A-nis 's e an t-iasgach a chumas mial-choin a' bhàillidh bhon doras againn agus dithis de na mic agam air na h-eathraichean shìos an sin. Ach chan eil seasmhachd aig a' ghnìomhachas sin nas motha agus an t-airgead a thig às an urra ri fialaidheachd na mara is na sìde. Sgeul pailteis is goirt a th' ann. Sin gun luaidh air a' chunnart a thig na chois, agus mo bhean, Oighrig bhochd, a' dèanamh caithris gach oidhche a thig doinnean is iad a-muigh. Daonnan fo dhaorsa aig rudeigin no cuideigin. Agus às dèidh sin uile, thèid am fearann a thoirt uam am priobadh na sùla. B' fheàrr leam imprig dhe mo thoil fhèin fhad 's a tha e fhathast nam chomas sin a dhèanamh.'

Stad Eachann is choimhead e tamall air an tìr mu thimcheall air mus do choimhead e an dàrna taobh. Dh'èirich a làmh agus ged nach fhaiceadh Iain clàr aodainn a charaid is cùl aige ris, thuig e gur ann gus na deòir a shuathadh às a shùilean a chaidh an làmh a thogail. Thàinig Iain a-nall an taobh a bha Eachann agus chàraich e làmh air a ghualainn, 'Duilich a charaid. Tha mi fhèin eòlach gu leòr air a h-uile càil sin.'

'Bu chòir dhut stad a chur air rabhd bodaich. Co-dhiù ged a dh'atharraichinn m' inntinn chan eil dol às ann dhomh a-nis. Reic mi an stoc agam air fad ris a' charaid sin agad Leaspaidh a-raoir. Thèid an cur a-null dhan mhargaid air an smac aig Teàrlach cho luath 's a bhios a' bhuain seachad.'

'Bi air d' fhaiceall leis an fhear sin. Chan eil leisg airsan brath a ghabhail air cothrom sam bith a thig na rathad is e fhèin nas fheàrr dheth ri linn, agus an fheadhainn a dh'fhàgas e air a chùl nas miosa dheth.'

'Tha làn fhios agam air sin ach chan eil na roghainnean

a tha aig mo leithid-sa cho pailt sin.'

Bha greis de shàmhchair ann eadar an dithis agus a' chiad bhlàths dhen latha a' drùidheadh a-steach air na bodhaigean aca. Thionndaidh Eachann ri Iain, 'Dheigheadh agad air tighinn a-nall còmhla rinn. Bhiodh an t-àm agad fhathast gus cùisean a chur air dòigh. Fhios agad 's iad breabadairean bochda à Siorrachd Lannraig as motha a bhios anns an fheadhainn a thèid a-null. Bhiodh e math duine dhe mo chuideachd fhèin a bhith còmhla rinn, duine ris am bruidhinn mi a' Ghàidhlig.'

'Ged a dh'iarrainn cha b' urrainn dhomh, a charaid. Tha na h-uiread de dh'fhiachan orm is nach lorgainn am faradh.' Thug Iain suathadh airtnealach a-nis air a shùilean mus tog e a cheann, deiseil gus aidmheil mun t-suidheachadh san robh e a thoirt seachad son a' chiad uair, 'Tha cùisean air atharrachadh dhòmhsa cuideachd, ach chan ann buileach san dòigh a dh'iarrainn.'

Le sin nochd Leaspaidh is coltas saoirsneil air, cho aotram ris an adhar mu thimcheall air, 'Coltas math air an latha an-diugh a dhaoine uaisle', dh'eigh e air an dà thuathanach.

Air a phiobrachadh le fearg mun ghrabadh obann, b' ann gu geur a thàinig an fhreagairt às Iain, 'Sin sibh Leaspaidh. An dòchas gun tug sibh deagh phrìs do ar caraid seo air an stoc aige.'

'Thug mi dha prìs a bha cothromach.'

'Dè thug sibh dha airson an eich eireachdail seo?' Thug Iain bualadh dhan bheathach mun ghualainn.

'Tha sin eadar mise is esan.'

'Dè a bh' ann Eachainn, còig gini, a sia?'

Thàinig guth boireann bhon chùl, 'Trì. Cha tug e ach trì dha.' B' e Oighrig a bh' ann a bha air nochdadh aig an doras is cuinneag uisge aice na làimh. 'Thuirt mi ris gum bu chòir dha a bhith air barrachd air sin iarraidh.'

'A trì! Bhithinn air còig a chosg air beathach cho bòidheach sin.'

Ma tha thu airson a cheannach aig a' phrìs sin tha làn chead agad,' thuirt Leaspaidh gu sèimh. 'Leigidh mi seachad mo chuid.'

Gun fhacal às dhinn Iain a làmhan a-steach do phòcaidean a bhriogais agus ghabh e corra cheum a' cur astar eadar e fhèin is Leaspaidh is cùl aige ris.

Chaidh dùsgadh chàich a ghairm le còisir de chasadaich is de mhòthar agus cha b' fhada gus an robh iad uile air an cruinneachadh mun taigh a' caogadh ann an solas an latha. Bha iad dìreach air togail orra sìos am bràigh nuair a chualas Oighrig ag èigheachd orra. Thionndaidh na fir mar aon agus sin i le ultach bhonnach na h-uchd air am pasgadh ann an anairt, 'Cha bu choir dhuibh falbh air turas fada gun bhiadh nur broinn.' Shìn i am pasgan gu Iain.

B' ann beagan às a dhèidh sin a thog Joshua air a dh'ionnsaigh a' chidhe bho thaobh eile a' bhaile le baga na dhàrna làimh is Bìoball san làimh eile, spionnadh às ùr na cheum às dèidh beagan uairean de chadal math is tràth-maidne de hama is bonnach na bhrù sgiolta. Bha am baile fa chomhair, a bha air a bhith cho sàmhach an oidhche roimhe, na bhoil is na sgothan-iasgaich a-nis air an ceangal aig a' chidhe. Bha goileam nan sgiobaidhean cutaidh aig na bùird a' co-mheasgachadh le sgreuchail nam faoileagan os an cionn is èigheach nam fear a bha a' tarraing chliabh làn sgadain às na h-eathraichean fòdhpa. Bha gach duine a' sileadh sàile is sprùilleach èisg agus na casan aca air am bàthadh ann am mearalas lobhta. Bha ceannaichean nan ciùrairean a' gluasad eadar na bùird agus na bàtaichean le sglèat is peansail nan làimh, a' gearradh gu aon taobh an-dràsta 's a-rithist gus na baraillean a bha gan gluasad air ais is air adhart a sheachnadh. Aig oir a' chidhe bha buidheann de bhodaich a' caogadh thar a' chliathaich air a' choille de chrainn a shìn fòdhpa is iad a' cuimhneachadh air na làithean a bh' aca fhèin aig muir. Faisg orra bha buidheann de bhalaich ris an aon chleas, is iad a' beachdachadh mu na tursan dàna a bhiodh romhpa fhèin. Chluinneadh èigheachd boireannach òg le pàiste na h-uchd agus i a' trod ri iasgair thar an othail, air a mheasgachadh le guth grìosach an t-searmonaiche a bha na sheasamh air creat a' smèideadh Bìoball gu faoin air an t-sluagh a bha ro thrang gus feart a ghabhail dha. B' e an coitheanal beag aige, dithis dhìolachan-dèirce a bha nan seasamh gu aon taobh is iad a' feitheamh air fuigheall a thigeadh an taobh-san. Aig a' chùl bha similear a' dòrtadh smùid thiugh bho thaigh-smocaidh mar gun robh e a' tighinn à teine ifrinn fhèin a dh'aona ghnothach gus cur ri teachdaireachd a' mhinisteir mu dhamnadh is dìteadh. Bha sreath de dh'eich is chairtean a' feitheamh air bathar agus na linntean a bheireadh iad gu far am biodh iad air an tiormachadh deiseil son na h-ath oidhche.

Bu lèir do Joshua gun robh Teàrlach aig a' bhàta aige agus gun robhar a' tarraing a chuid bathair às a' bhulg le crann, ach chan fhaiceadh e companaich an eathair aige fhèin. Chuir an smaoin sin sgreamh air gur dòcha gum biodh aige rin ruaigeadh a-mach às na leapannan aca agus an iomain sìos dhan chala. Bha e an impis falbh suas am bràigh nuair a thug e an aire dhaibh aig ceann a' chidhe le ròpa nan làimh a' feuchainn ris a' bhàta aca fhuasgladh bho na nàbaidhean aice.

'A fine day!' ghlaodh e is e a' dlùthadh orra. Choimhead na fir suas air. Bha coltas nas brogail orra na bha Joshua an dùil às dèidh dol a-mach na h-oidhche a-raoir.

'May I assist you?' arsa Joshua.

'Don't be worrying. She's nearly free,' fhreagair Dòmhnall le anail na uchd.

Dh'fhan Joshua gus an robh am bàta beag aca saor is deiseil aig bonn fàraidh mus do bhruidhinn e, 'It is incumbent upon me, I believe, to read a few words of the Bible before we depart.' Thug e am Bìoball bho achlais is dh'obraich e troimhe gus an d' fhuair e an caibideil air an robh e ag amas, Romans 13: 1-4. Dh'fhan an coitheanal neo-thoileach air a bheulaibh gu h-an-fhoiseil is fadachd orra falbh. Theann Joshua ri leughadh, 'Let every soul be subject unto the higher powers. For there is no power but of God: the powers that be are ordained of God. Whosoever therefore resisteth the power, resisteth the ordinance of God: and they that resist shall receive to themselves damnation. For rulers are not a terror to good works, but to the evil. Wilt thou then not be afraid of the power? Do that which is good, and thou shalt have praise of the same. For he is the minister of God to thee for good. But if thou do that which is evil, be afraid; for he beareth not the sword in vain: for he is the minister of God, a revenger to execute wrath upon him that doeth evil.'

'I have to inform you,' lean e air, 'that it is my duty to turn our colleague here, Duncan Niven, over to the authorities in Inveraray for transgression of the law in the smuggling and supply of spirit. I know some of you may be aggrieved by my decision, but I assure you I am left with no choice, either as a diligent citizen of this realm, nor as a Christian.'

Sheas na fir gu cruaidh a' coimhead air càch a chèile.

'I will need the rest of you to act as witnesses. I must remind you that you are all accomplices to the fact and will expect no less of you than that you will comply.'

Cha deach facal eadar na fir air bòrd a' bhàta bhig fad na slighe a-mach seachad air na h-eathraichean-iasgaich a bha air an dòmhlachadh a-steach air a' chala agus a-mach gu farsaingeachd Loch Fìne. Bha gaoth leantaileach nan làithean a dh'fhalbh mu dheireadh caithte agus i na fèath gun ach caithteanan beaga an-dràsta 's a-rithist air uachdar an locha mar chuimhneachan seargte nan doineannan a dh'fhalbh. Bha an loch an ìre mhath sàmhach, gun ach corra eathar mu na cladaichean. Shìos aig beul an locha chìte faileas a' Revenue Cutter an *Wickham* aig an riaghaltas 's e ri freiceadan. Eu-coltach ris na sgothan-iasgaich a bhiodh a' falbh nan treudan, b' e madadh-allaidh a bh' anns a *Wickam* a shealgadh na h-aonar. Bha na siùil aice a' dol flagach eadar na h-oiteagan is coltas oirre nach robh i a' dèanamh mòran adhartais. Cha bhiodh an seòl beag aca fhèin gu feum sam bith air latha mar seo is chùm iad a' dol às aonais. Sheatlaig ruitheam air an iomradh aig gach fear ach Joshua is an ràmh aige a' plubadh air an uachdar is a' bualadh anns an ràimh aig Pàdair a bha air a chùlaibh gus mu dheireadh nach seasadh esan ris na b' fhaide, 'Stadaibh, fhearaibh!' Sgaoil beum a' ghuth ìosail aige thairis air an uisge mar losgadh canain. Air do chàch an ràimh a thogail às an uisge tharraing e a-steach an ràmh aige fhèin is shìn e thar nam beingean e. Dh'fhuasgail e an uair sin an ràmh aig Joshua bho ghrèim, gu modhail ach gu daingeann, is chàraich e anns an rolag aige fhèin e. 'I will row for the both of us.' Leis a dàrna làimh aige air an ràmh thog Pàdair a' chuinneag a bha a' laighe ann am bonn a' bhàta leis an làimh eile is shìn e do Joshua i, 'You may bale; that will ease our progress. We have shipped a fair quantity of water.' Dh'fhan e greis na thàmh an uair sin gun fhacal às mus tuirt e, 'I will bear witness against Duncan. I saw him put that whisky in the boat and I saw him take that same whisky into the house of Hector MacAlastair last night.'

Thug Pàdair sùil chruaidh air Donnchadh a bha a' dol bàn dìreach mar a bha e a' sùileachadh. Rinn an duine fo chasaid gnòsad neo-thoileach mar bu ghnàth dha nuair a bhiodh e fo eagal. B' aithne dha Donnchadh gum biodh e an urra ri freastal mar a thachradh dha air beulaibh cùirte, nan rachadh cùisean cho fada sin, oir cha robh rian san dòigh a bhiodh binn air an toirt seachad. Gheibheadh fear às le càin, is an ath fhear; rachadh fhuadachadh a dh'Astràilia. Bha seo, mar a h-uile rud eile, an urra ri gean nan ùghdarrasan. Bha fhios aig Donnchadh gun robh cliù aig Diùc Earra-Ghàidheal airson a bhith a' cur sìos air cùiltearachd. 'S dòcha gun ruigeadh iad baile Inbhir Aora air an dearbh latha a bha an Diùc airson eisimpleir a dhèanamh de chuideigin. Thàinig aithreachas air ri linn mar a bha e fhèin is am fear ciontach air an sgeul a mhealtainn agus iad ri gàire is fealla-dhà air cùl an òsta an oidhche ud; mar a bha an dithis aca air cur sìos is magadh air Pàdair airson a chuid suarachais is a dhiadhachd uailleil.

Thom Pàdair an ràmh aige a-steach dhan uisge agus ghabh càch sin mar chomharra an aon rud a dhèanamh. Thog an t-eathar air mar bhiastag le cas a dhìth; le luasgadh gu aon taobh air a fhreagradh le tulgadh dhan taobh eile is mar sin rinn i a slighe gu luaineach suas an loch. Fhuair iad gun robh an loch a' traoghadh leis an tìde-mhara, agus ged nach robh an sruth a bha a' tarraing air bonn a' bhàta ach lag, thug e buaidh air adhartas a bha mar-thà mall. An ceann greis gheàrr iad a-steach gu cladach far am feitheadh iad tamall air socrachadh an làin. Ghabh iad uile ulpag fa leth air an do shuidh iad nan tàmh a' coimhead a-mach thar an uisge. Cha robh an suidheachadh a' tighinn ri càil fear seach fear aca, fiù 's Joshua, ach b' aithne dha gun robh e ro fhadalach stad a chur air a' chloich a bha a-nis a' dol na deann sìos a' bhruaich. A' cur ri àmhghar, bha a mhionach, a bha air a bhith rèidh gu ruige seo, ga bhuaireadh às ùr. Thàinig a-steach air gur dòcha nach b' e deagh bheachd a bh' anns a' chungaidh purgaid a bha e air a ghabhail a chùm an teanntachd a sheachnadh na bu thràithe.

## DIHAOINE

Bha coltas fad às air an ceann-uidhe son an latha, sin Òsta na h-Oitire a bha na laighe air taobh thall an locha pìos math shuas bhuapa, air cùl na corraig gainmhich a thug ainm dhan àite agus a bha ag èirigh às an uisge mar chnàmh-droma biast-mara a' roinn an locha na dhà leth. An ceann ùine, le muir-tràigh a' tighinn dlùth, phut na fir am bàta air ais dhan uisge is dhìrich iad air bòrd. Thog Pàdair Joshua a bha a' strì ri chumail fhèin rèidh air a' mhol shleamhainn agus chàraich e air a' bheing aige e mus do leum e fhèin air bòrd, is am bàta a' tunnachdail fo chuideam. Le pleadhan nan ràmh san uisge is sròn a' bhàta ris an oitir, theann Dòmhnall ri iorram ann an oidhirp sunnd an sgioba a thogail is brosnachadh a thoirt do na ràimh.

*Falbh oirre hò, choisinn co bheag*
*Thug oirre dhaoine, suas i bhràithrean.*
*Siuthadaibh bhràithrean chridheil*
*Iomraibh ràmh is seinnibh iorram*

A-mach às a' chriutha cha do sheinn ach Iain agus Leaspaidh, a' toirt a chreidsinn nach robh dad ann a chuireadh suas no sìos e; agus sin gun mòran spionnaidh. Thug iomadh rann an òrain iad pìos beag a-mach gu meadhan an locha mus do shearg an t-seinn uile gu lèir agus bho seo a-mach cha robh ach bualadh socair nan ràmh a chumadh cuideachd riutha. B' e fuaim plubadh riaslach air am beulaibh mu dheireadh thall a bhris an ciùineas sin. Leis gun robh an druim ris cha robh iad air mothachadh dhan treud chruidh is tàin a' snàmh thairis air an locha romhpa a dh'ionnsaigh na h-oitire, leis a' bhàt'-aiseig air an ceann agus an dròbhair is an gille aige innte a' toirt brosnachadh dha na beathaichean. Bhiodh co-dhiù dà cheud ceann cruidh san treud. B' fheudar dhaibh feitheamh gus am biodh gach fear dhiubh seachad orra. Dhlùthaich iad ris na beathaichean is thug iad a-steach na ràimh. Tro bhonn a' bhàta dh'fhairicheadh na fir luasgadh socair snàmh a' chruidh is an sùilean cruinne, solta, donna nan sruth leantaileach fo shròn an eathair.

Theann Joshua ri carachadh gu mì-chofhurtail na shuidheachan. Ged e bha e an dòchas gun ruigeadh iad tìr mus tigeadh èiginn air b' aithne dha a-nis nach b' e sin a bha gu bhith an dàn dha. 'Gentlemen,' thuirt e, 'I seem to be somewhat compromised. I wonder if any of you may be so good as to hold me over the side awhiles.' B' e dannsadh cearbach a rinn e a-nis is e a' feuchainn ri plangaid fhaighinn thar a ghobhail fhad 's a shlaod e sìos a bhriogais. Ge b' oil leis, fhuair na fir uile sealladh mì-chàilear de a mhàsan bàna mus do rug Iain is Pàdair air gàirdean an urra air agus a chroch iad thar na cliathaich e. Thug am brùchdadh is spreadhadh a lean fianais air a' ghnìomh a bha ga choileanadh. Sheall a h-uile duine an dàrna taobh is toradh na cràiteachd a' sruthadh a-nis seachad orra. Lean an crodh orra a' snàmh seachad gun for dhan ùpraid rin taobh is an sùilean gu dian air an tìr. Nuair a bha am mart mu dheireadh air thoiseach orra ghabh iad àite dhaibh fhèin aig deireadh an t-sreatha is iad a' dol seachad air beathach bochd a bha a' strì ri cheann a chumail bàrr an uisge.

Aig ceann na h-oitire dhealaich iad ris a' chrodh a bha ag èirigh air ùr-breith às an uisge air bàrr a' ghainmhich agus chùm iad orra gu ruige an cidhe beag far an do choinnich i ris an tràigh. B' e fàrdach thruagh dha-rìribh a bh' anns an òsta a bha na sheasamh aig cùl a' chladaich le cumadh mì-rianail air druim a' mhullaich agus coltas air gun tuiteadh e am broinn a chèile aig àm sam bith. Bha ceò mòna a' drùdhadh gu sgleòthail tron tughadh a bha feumach air ùrachadh, le planntrais a' cinntinn innte an siud 's an seo agus coltas bèiste mhòir na thàmh air. Shlaod na fir am bàta aca gu os cionn ìre a' mhuir-làin agus cheangail iad an sin i le clach mus do rinn iad air an òsta. Ghnog Pàdair gu làidir air an doras agus dh'aom iad a-steach fo àrd ìosal an dorais. Às a' cheò thàinig cumadh treun na cailliche dhan ionnsaigh, a currac ag uideal tron dorchadas is a h-aparan sgaoilte roimhpe mar sheòl. Thruis i a-steach iad mar mhàthair circe a' trusadh a h-iseanan. Bha na fir mothachail do fhaileasan daonna eile a bha a' tathaich na dubharachd an siud 's an seo agus iad a' gabhail cruth sa bheagan solais a bha a' tighinn tron uinneig no bho èibhleagan fann na mòna.

Thug a' chailleach a-steach iad tro fhosgladh sa chliseach dhan t-seòmar-leapa far am fàgadh iad am beagan stuth a bh' aca. Romhpa bha seòmar a bha cho lom ri stàball le connlach sgapte mun làr. Ged a bha trì leapannan cama ann is iad air an càradh gu mì-chùramach am measg na connlaich bha coltas orra, leis an stuth phearsanta a bha air fhàgail orra, gun robh iad air an glèidheadh dha cuideigin mar-thà is gur e oidhche air seidean a bhiodh fa-near dhaibhsan. B' e àitichean-còmhnaidh iriosal a bu dàn do na Gàidheil agus bha iadsan cleachdte gu leòr ris ach bha Joshua air uabhasachadh leis na chunnaic e.

'Do you perchance have separate rooms? Perhaps there is a room elsewhere in the village?' Thàinig na faclan às gu giorragach. Thug a' Chailleach sùil cheasnachail air agus dhruit i a guailnean is i gun fhacal Beurla aice.

B' e Dòmhnall a fhreagair às a leth, 'You'll not find another bed within twenty miles. Don't worry you'll get as good a night's sleep on a bed of straw as you will on a bed of goose down after a day on the sea.' Gun dol às aige, chàirich Joshua an stuth aige air a' chonnlaich mar a rinn càch.

Nuair a thill na fir gu uachdar an taighe bha an dròbhair a' cromadh tron doras-aghaidh, is fàileadh garg, milis a' chruidh a' lìonsgaradh bhuaithe, às dèidh dha na beathaichean aige a chur air an ionaltradh aig cùl an òsta. Dh'fhàgadh an sin an gille aige gus faire a chumail orra is an truaghan ud gu bhith na chrùban fon ghàrradh fad na h-oidhche. Fhad 's a bha e a' càradh a chòta mhòir air tarrag, rinn an dà chù aige roid seachad air a dh'ionnsaigh an teine is theann iad ri snotaich mu thimcheall an tòir air criomagan. Rinn Joshua suidhe air sèis an tac a' bhalla aig ceann eile na beinge bhon duine a bha na thàmh an sin san dorchadas is an coilear aige air a thionndadh an-àird mu ghiall. Air a' bhòrd bheag air beulaibh an duine bha botal is glainne bhon gabhadh e slug an-dràsta 's a-rithist. Lean càch air sàil nan con dhan fhroiseadh mì-rianail de stòlan is suidheachain mun teine.

Bha làthaireachd nan daoine mu thimcheall orra a-nis a' gabhail cruth is sùilean a' fàs cleachdte ris an dorchadas. B' iad an dà shaighdear nan seacaidean dearga a thàinig am follais bhon duibhre an toiseach; dh'fhaodadh gum b' e bràithrean a bh' annta a rèir na suaipe eatarra. Bha fhathast fiamh de na balaich òga a thàrr às an sgìre fad iomadh bliadhna air cùl an tuair sheargte a dh'fhàg gàbhadh is cruadal beatha an t-saighdeir orra. Na shuidhe rin taobh bha an dròbhair a' feuchainn ris a' phìob chrèadha aige a' lasadh le èibhleag a bha e air a thogail bhon teine le clobha, an t-aodann mìogach, sultach aige ga lasadh mar ghnùis deamhain aimlisgeach. Ri thaobh-san bha tàillear taistealach; fear seang air èideadh ann an seacaid is briogais luideach làn bhrèidean, mar as dàn dhan tàillear bhochd.

Chuir Iain sanas ann an cluas Dhòmhnaill, ''S fheàrr brèid na toll ach 's uaisle toll na tuthag.'

Bha cruthan ceàrnagach àirneis a' tathaich sna h-oirean doilleir. Eatarra sin, bha cruth bàn nighean an òstair a' sgiathalaich 's i a' gabhail aig sgioblachadh is obraichean beaga eile. An tac a' bhalla air cùl an teine, bha sreath chistean far an taisgte min is culaidh; an tac an tallain, taobh thall an rùim, an leabaidh dhùinte far am biodh an t-òstair is a bhean a' cadal, agus ri taobh, leid air an gabhadh an nighean aca norrag. Crochte ris na ballachan bha trì crùisgeanan a' spliathartaich, a' cur fàileadh geur ola an èisg ris a' bhrot de dh'fhàilidhean eile a bha crochte san adhar, is eadar iad sin bha cliabhan is acainn dhen a h-uile seòrsa air an crochadh.

Ged a bha a' bhan-òstair na sealbhadair air aitreabh a bha truagh, dhìobhalaich i air uireasbhaidhean an àite le a cuid fialaidheachd is a comas, is i gu dèanadach a' frithealadh gach uile feumalachd a bh' aig a h-aoighean. Thog i searbhadair a phaisg i mu làmhachan na praise a bha crochte os cionn an teine agus le neart a chaidh a choileanadh tro iomadh bliadhna de shaothair thog i far na slabhraidh i is chàraich i air an làr ri taobh an teine i. Theann i ri làn na lèighe a chur air na truinnsearan fiodha a bha air an cur a-mach air muin ciste is thug an nighean aice iad gu na h-aoighean, fear mu seach. Thugadh an sin dhaibh stiall dhen bhonnag a bha air a bhith a' donnachadh air muin cloiche an tac an teine. Thàinig an t-òstair fhèin a-steach bho obair air an tac aige is ghabh e bobhla mus do rinn e suidhe còmhla ris na fir eile. Le spàin-adhairce ann an làmh gach fir theann iad ri slupraich, cagnadh is maistreadh.

Cha mhòr nach fhairichte an sonas a theàrn air a' chuideachd is na mionaichean aca gan lìonadh. Airson greis mhath cha deach facal a labhairt. B' e a' bhan-òstair a bhris an t-sàmhchair. Thàinig i an taobh a bha an dithis shaighdear is le làmh air gualainn aonan dhiubh thuirt i, 'Nis a bhalachaibh, tha an t-àm ann ur cuid-aodaich a chur dhibh'.

Thàinig coltas an uabhais orra fhad 's a theann càch mun teine ri gàireachdaich. Air an cùl bha nighean na mnà a' feuchainn ri a cuid gàireachdainn a mhùchadh fo mhuinchill a lèine.

'Tha sibh gu bhith a' cur aghaidh air ur teaghlaichean airson a' chiad uair ann an... dè cho fada?'

'Ochd, naoi bliadhna.' Dhruit am fear a bu shine a ghuailnean.

'Seall air staid ur n-èididh. Bidh ur màthraichean an dùil ri saighdearan brèagha airm an rìgh nach bi, gun luaidh air na caileagan a dh'fheitheas oirbh; chan ann ri dithis dhìoldèirce! Thoiribh dhuinn ur seacaidean is briogais is bidh iad cho gleansach, glan 's a bha iad an latha a chaith sibh iad son a' chiad uair air roinn a' phairèid.' Cha ghabhadh a leithid-sa a dhiùltadh agus ann an ùine ghoirid bha an dithis aca nan suidhe nan aodach ìochdair is an aodach uachdair fo achlais na mnà. Thug i sin dhan nighinn aice is dh'fhalbh ise leis a dh'ionnsaigh na linne air cùl an taighe.

Air dha crìoch a chur air a chuid brot choimhead an t-òstair suas bhon bhobhla aige, 'Uill a chàirdean, tha mi an dùil gum bi naidheachd no dhà agaibh dhuinn. Thionndaidh e ris an tàillear ri thaobh, 'Nach ann air na Leathanaich taobh Loch Ruail a bha sibh a' tadhal?'

Le farbhail an t-seanchais air fhuasgladh, shruth an còmhradh is crònanaich nam fear a' co-mheasgachadh le cnagadaich an teine. Thug iad seachad naidheachdan, mu dhlùth is dàimh, caraidean is coigrich. Sgaoil an seanchas bho shaoghal beag na fàrdaich a-mach do na sgìrean mu thimcheall a fhrithealadh an tàillear, an uair sin air bòrd eathair a-mach gu na grunndan iasgaich an cois Dhòmhnaill, a' toirt rathad an dròbhair air tro bhailtean beaga is mòra gu ruige nam fèilltean aig iomall na Gàidhealtachd. Sgrìob thar na h-Atlantaig an uair sin leis na bràithrean saighdeir, far an do chuir a' chuideachd eòlas air oillt cogaidh aig blàr New Orleans mus deach an toirt gu deas gu Demarera gus cuir sìos air ar-a-mach nan tràillean an sin. Dh'fhosgail am bràthair a bu shìne am paca aige a bha a' laighe air a chùlaibh is thug e a-mach dòrlach a bha e air a thoirt dhachaigh leis bhon Charaib, a sheall e do chàch. Bha slige-faoiteige ann, deamhan fiodha le aogas aingidh agus cnàimh beag a bha, a rèir an t-saighdeir, na chnàimh corraige a bhuineadh do cheannard nan tràillean reubaltach. B' e an t-oibseact a bu ghrinne a bh' aige, a thug e a-mach às dèidh a' chòrr, adharc-fhùdair air a snaigheadh gu h-ealanta leis na faclan 'Powder and Ball Do Conker All' air an cuairteachadh le biastan cèine. Chuir Dòmhnall ris an t-seanchas le cuid dhen eòlas a bh' aige fhèin air a' Charaib gus an do shearg an còmhradh an sin ann an àile bhruthainneach, ghalarach na dlùth-choille is nam planntachasan.

Theann an dròbhair ri òran a fhreagair air tiamhaidheachd na mòmaid is an cianalas a bha iad uile a' faireachdainn gu ìre bheag no mhòr.

*Ged is socrach mo leabaidh*
*Chan e 'n cadal a bha air m' ùidh*
*'S tric mo smuaintean a' gluasad*
*Dhan taobh tuath leis a' ghaoith*
*'S mòr a b' annsa bhith mar riut*
*Ann an gleannan nan laogh*
*Na bhith cunntadh nan Sàileach*
*Ann am pàircichean Chraoibh*

Bha nighean an òstair air tilleadh le ultach nigheadaireachd na h-uchd. Cha b' urrainn a' chuideachd gun a bhith a' mothachadh dhan phlìonas air a h-aodann is togail na ceum. Thàinig snodha-gàire fiosraichte air aodann a màthar, 'Nach ann ortsa a tha an coltas sona a ghràidh. An ann a fhuair thu facal air a' ghille cùl a' ghàrraidh a-muigh an sin?' Ruadhaich gruaidhean na nighinn. Gus cùisean a dhèanamh na bu mhìosa dhi chuir an dròbhair ris, 'Bi air d' fhaiceall 'ighneag. Chan eil cus eòlais aigesan fhathast air mar a làimhsicheas e stoc.'

Sgaoil braoisgeil tron chuanal a thug air an nighinn siabadh a-steach dhan dorchadas aig cùl an t-seòmair far an do theann i ris an aodach a chrochadh air an t-sìoman a shìn eadar na cabair is coltas fad às na sùilean. Bha an dà chù, a bha air a bhith a' sporghail mu thimcheall an tòir air grèim a leigte às leis na h-aoighean, mu dheireadh thall aig fois agus iad air an sìneadh eadar cearcall nam fear is an teine is na spògan aca san luaithre a bha sgapte mun chagailte.

Dh'èirich Pàdair, nach robh air smid a ràdh, is chaidh e a-mach air an doras. Dh'èirich Leaspaidh às a dhèidh is chaidh esan a-null dhan uinneig bhig. Sin Pàdair na sheasamh, na stob, mar charraig aig oir a' chladaich, is an oiteag a bha air togail beagan a-rithist a' sèideadh le frionas mu dhualan. A' feitheamh gun teagamh. Chunnaic e an oir a shùla gun robh Donnchadh a-nis air èirigh. Lean sùilean Leaspaidh e is e cuideachd a' dol a-mach air an doras. Dh'èalaidh Leaspaidh a-mach air an doras. Mar a bha e an dùil, fhuair e gun robh Donnchadh is Pàdair a' bruidhinn ri chèile aig oir a' chladaich. Shuidhich e e fhèin an tacsa na h-ursainn is dh'fhèith e an sin air tilleadh Dhonnchaidh. Bha e air tòiseachadh ri sileadh a-nis agus ann an ùine gun a bhith fada bha còmhdach uisge a' liacradh aodainn. Bha cruthan Phàdair is Dhonnchaidh nan stoban raga is na guthan aca a' falbh a-mach leis a' ghaoith gu muir. Ged nach robh tomhas a' ruigsinn a chluasan air cuspair an cainnt bha cinnt aig Leaspaidh dè a bhiodh ann. Nuair a thill Donnchadh a dh'ionnsaigh na fàrdaich, shìn Leaspaidh a ghàirdean thar beul an dorais gus bacadh a chur air.

## DIHAOINE

'Leig a-steach mi,' arsa Donnchadh, 'no fàsaidh sinn cho fliuch ri dà sgarbh a-muigh an seo.'

Bha Pàdair fhathast na sheasamh a' coimhead a-mach gu muir le chùl riutha.

'Bidh fhios agad gur e binn bàis a thug thu orm; gur e òrd Phàdair a tha gu bhith fa-near dhomh a-nis. Carson a dhèanadh tu sin? Nach bu mhi an t-amadan, a' leigeil leam fhèin a bhith air mo mhealladh leis a' bheachd gur e caraidean a bh' annainn.'

'Nach eil an duine airidh air rèiteachadh?' fhreagair Donnchadh is e a' strì le làmh an dorais fhosgladh.

Rug Leaspaidh air ghualainn air is thionndaidh e dha ionnsaigh e, 'Tha e airidh air na fhuair e. Nach suarach an duine an nì dearmad air a mhnaoi. Nach airidh e air dùsgadh? Chan eil duine cho feargach ris an fhear a dh'aithnicheas a chiont fhèin sa ghnothach.'

Ghreimich Donnchadh air coilear na lèine aig Leaspaidh agus phut e air ais e gus an do bhuail a dhruim ann am balla cnapach an taighe. Chuir e iongnadh air Leaspaidh an neart a bh' ann an gluasad Dhonnchaidh is coltas cho meata air an duine.

'Ridire a th' annad an e?' dh'èigh Donnchadh. 'A' sgaoileadh ceartas le do bhod nad dhà làimh an àite claidheamh? Cha ghabh stad a chur air an dol-a-mach agad. Chunnaic mi mar a bha do shùilean a' leantail na cailine a-staigh a sin.' Thug e gnog a dh'ionnsaigh cùlaibh Phàdair. 'Chomhairlichinn-sa dhut do bheul a chumail dùinte no cuiridh tu thu fhèin san lìon. Cha tuirt mi ris cò bu choireach co-dhiù. 'S ann orms' a-nis a tha an t-aithreachas nach tuirt.'

'Dè a-rèiste a thuirt thu ris!'

'Thuirt mi ris gum bu chòir dha seallta i nn ri pheacaidhean fhèin is gabhaidh Dia aig a' chòrr. Ach cuimhnich, chan fhada gus am bi sinn ann an Inbhir Aora is cha bhi roghainn ann an uair sin. Bidh tusa air do dhìteadh no 's e mo bheatha-sa a thèid às an rathad.'

Balbh ro na faclan aig Donnchadh leig Leaspaidh a-steach e, ga leantainn gu dlùth air a shàil. 'S dòcha gun robh aon chothrom fhathast air fhàgail aige caochladh a thoirt air a' chàs. Thog e an stòl aige is chaidh e a-null gu far an robh Joshua na shuidhe air a' bheing, 'One grows tired of the old songs and doggerel,' thuirt e. 'Since I purchased a house in Irvine I have become accustomed to a different sort of company. Do you mind if I join you a while?'

Freagairt, cha tàinig gin. Cha robh Leaspaidh gu bhith air a chur dheth cho clis sin ri suarachas a chompanaich agus dh'fheuch e ri faoin-chainnt mun aimsir is ceistean mu chor an teaghlaich aig Joshua ann an oidhirp an duine a bhogachadh beagan mus do theann e ri fàth a sheanchais, 'May I ask you a question?'

'Hmm.'

'Am I not a good customer of yours? Is it not many a bag of barley I have purchased from your mill over the years, and at a good price?'

'What exactly is the meaning of your questions?'

'You can surely not deny the purpose for which your produce is intended. There are none of us who are not implicated in the trade whose nature I need not elucidate and for whose pursual you are determined to so relentlessly persecute our colleague.'

Ghluais Joshua gu h-an-fhoiseil air an dèile fodha, 'You may have acquired some fine words during your sojourn to the mainland but I assure you that I shall not be beguiled by them. I sell my produce to you in good faith. What you do with it is a matter for your conscience, not mine.'

'I simply ask you to drop your accusation of Duncan. It can only lead to trouble; for all of us.'

## DIHAOINE

Dh'aithnichear an fhearg a bha ag èirigh ann an Joshua air an rudhadh a nochd na aodann plumach, 'I must counsel you neither to accuse nor to judge. Must I draw it to your attention that your personal circumstances implicate you as a man of low moral standing.'

Bha òran an dròbhair air na daoine mun chagailt a shìochadh is bha tamall de shàmhchair air teàrnadh air an aitreabh. B' e an t-òstair fhèin a bhris an t-sàmhchair le port-à-beul.

*Tha nighean agam, tha taigh agam*
*Tha allt aig ceann an taigh' agam*
*Tha punnd de shiabann geal agam*
*'S mo lèine salach grànda*

Sheas e is e a' breith air caol-dùirn a nighinn agus thug e oirre corra steap dannsaidh a dhèanamh, rud a thog sunnd nam fear gu mòr. Rug e an uair sin air ghàirdean air aon de na saighdearan. Tharraing e air a chois e, a' toirt air dannsadh còmhla riutha is e a' leantainn air leis an rann,

*Dè nì mi gun lèine ghlan, gun lèine gheal,*
*Gun lèine ghlan*
*Dè nì mi gun lèine ghlan*
*'S mi falbh on taigh a-màireach*

Chaidh an fhearg a bha Leaspaidh a-nis a' faireachdainn a phiobrachadh leis an ula-thruis, 'If you are referring to my servant,' lean e air is e a' coimhead a-nis gu dìreach ann an sùilean Joshua, 'she is a woman whom I have preserved from wretched circumstances.'

'Dh'fhairich Leaspaidh e fhèin a' dol air a chasan. Bha na dùirn aige air an dùnadh gu teann is iad air chrith. Mura cumadh e smachd orra bheireadh e buille do Joshua an clàr aodainn.

'And you will know fine well how she came to be in those circumstances!'

Le fios aige gun robh an oidhirp gun stàth, dh'èirich Leaspaidh is thill e gu àite an tac an teine a' carachadh an stòil aige aig beagan astair bho chàch. Bha cearcall nam fear mun teine a-nis ri faoinsgeul mu chreutairean òs-nàdarra a bhiodh mun àm-sa dhen oidhche a-muigh sna claisean is falachanan mun taigh, na guthan air an socrachadh gu plabadaich sèimh; a' meathadh mar na h-èibhleagan mòna air am beulaibh. Air an cùlaibh, bha na mnathan nan suidhe air muin ciste is iad mu dheireadh a' faighinn cothrom air beagan bìdh dhaibh fhèin.

Cha robh Joshua a' gabhail feart do rud a bha a' dol mu thimcheall air is e dùinte a-staigh san èislean aige fhèin. Bha esan is an duine taobh thall na beinge bhuaithe air fuireach nan tost, fa leth bho chàch, gun fhacal eatarra. Bha iad nan suidhe mar sin, còmhla ach fa leth gus an tàinig e-steach air Joshua gun robh rudeigin car neònach mu choltas an duine ri thaobh, a bha fhathast a' slugadh gu cunbhalach bhon ghlainne-fhìona aige, agus thug e sùil air, a' gabhail a-steach nan claigean a chòmhdaich aodann. Thàinig e a-steach air Joshua gur dòcha gur e sin an t-adhbhar a bha a choilear air a thionndadh an-àird is e na shuidhe na aonar san oisean a bu duirche dhen t-seòmar.

'An evil sight to behold, I know.' Thàinig dùrdan bhon duine tro fhiaclan dùinte.

Thionndaidh Joshua an dàrna taobh is nàire air.

'Don't worry,' lean an duine air, 'there was a time a stranger's gaze was a trial to me. I have since come to accept it is my lot in life.'

Feumaidh gun robh an deoch air teanga an duine

fhuasgladh oir theann e an uair sin air a sgeulachd thruagh a chur an cèill, 'Smallpox. A wretched curse on the afflicted. If I had but known this would be my reward for attending the needs of others, I should never have undertaken the profession of doctor.'

Bu duilich e dha Joshua creidsinn, le cruth seargte an duine is a chuid-aodaich luideach, gur e lighiche a bh' ann. Lean an duine air, 'What patient will put his trust in a man who is the living manifestation of sickness? What wife will stay with a man whose path is a downward one in society and whom she can no longer bear to look at?' Thrèig an dà chuid obair agus a bhean e dha rèir. Thàinig air, mar sin, an tuath bochd a fhrithealadh le cungaidhean nach dèanadh mòran feum dhaibh ach a thogadh an dòchas, is e a' siubhal bho àite gu àite. 'An dotair bochd,' a chanadh muinntir an àite ris.

'Ugly as they may appear to you,' thuirt an dotair, 'believe me when I tell you these scars are as nothing to the ones on the inside.'

Fhuair Joshua nach b' e truas no co-fhaireachdainn dhan duine a phiobraich a chuid sheanchais ann ach truas dha fhèin. Le sin dh'at maoim ann is firinn a choir a' tighinn am follais dha. B' aithne dha an sin nach robh slighe aige a-mach às an t-suidheachadh san do chuir e e fhèin nach tigeadh gu droch bhuil. Ge b' oil leis, ghreimich e air ruighe air an dotair, 'My condition too is wretched,' spliathartaich e. 'You must give me something. Can you not see I am desperate.' Thàinig na faclan a-mach na bu chruaidhe na bha Joshua an dùil is fhuair e gun robh sùilean a h-uile duine air tionndadh a-nis air. Dh'ìslich e a ghuth, 'If you could just give me something to settle my guts. I suffer alternately from biliousness, colic and flux among other grievous afflictions of the stomach, you see. If it were to settle my nerves, so much the better, if you understand my meaning.'

Choimhead an lighiche air gu ceasnachail. Chàraich e a làmh air ruighe Joshua is thog e bhon ghàirdean aige fhèin i. Dh'èirich e is dh'fhalbh e dhan t-seòmar-leapa. Dh'aom Joshua a cheann is e an dùil gun robh an duine air a thrèigsinn. B' ann le briosg a thog a cheann nuair a thill an dotair is a thàinig a' mhàileid aige a-nuas air a' bhòrd le cnap maol. 'I will use treatment to help the afflicted according to my ability and judgement. That is the oath I once made.'

Thug e a-mach spliùchan a bha air a dhùnadh le sreang ma bheul is chaidh e a-null dhan taobh a bha an dithis bhoireannach is e a' fuasgladh na sreinge, 'Will you prepare an infusion for the man?' thuirt e ris a' chaillich. Dhruit ise a guailnean.

'Dh'iarr an dotair bochd oirbh teatha a dhèanamh dhan duine a mhàthair,' mhìnich a nighean dhi.

'Nì mise sin dhuibh.' Chuir an nighean sìos am bobhla aice is chaidh i a-null dhan chuinneig uisge san oisean. Lìon i poit an sin is chroch i air an t-slabhraidh i. Thill an dotair dhan bhòrd.

'That will help you sleep,' thuirt e ri Joshua. 'Now...' Rinn e sporghail ann am bonn a bhaga is dh'èirich searrag bheag bhon doimhneachd na làimh. Chàraich e sin air beulaibh Joshua a bha a-nis a' coimhead suas ri chompanach le sùilean grìosail.

'This will settle your mind. I have found it of great help to my own predicament. But a warning; use only if needs must and use in moderation. It is a powerful substance.'

Le beagan cagarsaich thàinig an dotair is Joshua gu rèite mun chosgais is thug Joshua corra bhonn dhan dotair bhon sporan aige mar iomlaid airson na searraig a bha mar-thà air a stobadh gu domhain na phòcaid. An ceann greis nochd an teatha-luibhe air a' bhòrd an làmhan na h-ighne.

## DIHAOINE

Gun fheitheamh air fhuarachadh shluig Joshua sìos e is dh'èalaidh e air falbh dhan leabaidh chonnlaich aige far an do thuit e na chadal mar naoidhean.

Ach cha b' fhada a mhair a shuain. B' e boinneag uisge a dhrùidh tron tughadh is a thuit air clàr a ghruaidh a dhùisg e. Charaich e gu aon taobh. Theann an crùisgean os a chionn ri plubraich agus an ola innte a' seargadh. Thug e a-mach am Bìoball bhon bhaga aige. Bu chòir gun toireadh corra fhacal bhon t-Seann Tiomnadh furtachd dha sa bheagan solais a bhiodh air fhàgail aige. Fhuair e a-mach gun robh an dampachd air faighinn a-steach dhan Leabhar agus cha rachadh aige air na duilleagan fhosgladh gun an reubadh. Dh'fhalbh an cadal leis greis is am Bìoball air tuiteam ri thaobh. An uair sin gròcail ghuthan, is càch a' dol a laighe. Sporghail is tulgadh. Dùsgadh. Norrag. Còisir nan srann ag èirigh. Dùsgadh. Norrag. Daoine ag èirigh chun na poite-mùine. Dùsgadh. Norrag. E fhèin ag èirigh gus mùn. Dùsgadh, norrag, dùsgadh, norrag… Lean cùisean mar sin gu uairean beaga na maidne nuair a dh'fhalbh an t-suain dhomhain le Joshua a ghiùlaineadh e gu anmoch an ath mhadainn.

# Disathairne

B' E DÙSGADH GARBH a fhuair Joshua an ath latha agus Iain na sheasamh os a chionn ga chrathadh. Ràinig na faclan aig Iain Joshua tro thuaineal tiugh, 'An t-àm agaibh èirigh. 'S mithich dhuinn falbh.' Le spàirn fhuair Joshua air a' bhodhaig luaidhe a thogail is chliob e a-null a dh'ionnsaigh ceann shuas an taighe air cùl na h-ighne a bha air tighinn a-steach gus a' phoit-mhùin a thoirt a-mach. Ghlac àileadh garg cuinnlean Joshua san dol seachad. Chaisg e èirigh a sgòrnain is chrùb e a-steach dhan t-seòmar eile. Tro shùilean sgleòthach bu lèir dha an sin gun robh a h-uile duine air crìoch a chur air tràth-maidne mar-thà agus an sgioba aige a' dèanamh air an doras. Cha bhiodh cothrom aige grèim a thilgeil sìos a shlugan. Air an taobh a-muigh bha Pàdair mar-thà air an t-eathar a shlaodadh a-steach gu oir na mara is e gun mhothachadh don stiall bhig chailce fhuasgailte a chaidh a reubadh bho mhionach an eathair le clach san dol seachad.

Ged a b' fhada bhon a bha an tàillear is an dròbhair air fàgail, bha an dotair fhathast a' tathaich nam faileasan ann an oisinn an t-seòmair agus an dithis bhràithrean saighdeir nan suidhe aig an teine nam fo-aodach a' feitheamh air tioramachadh an aodaich-uachdair. Chaidh Joshua a-null thuca is bhruidhinn e riutha mus deach e a-mach air an doras gu far an robh càch a-nis a' feitheamh air an taobh a-muigh. Chunnacas iomlaid air choreigin ga dhèanamh eatarra mus do dh'fhàg Joshua soraidh aig a' bhana-shealbhadair agus a dh'fhalbh e.

Bha oiteag shèimh leantaileach a' tighinn às an àird a deas ag iomain breacadh sgòthan roimhpe agus a' ghrian a' mireadh eatarra a' tilgeil aitealan siùbhlach thar uisge is beinne. Leis a' ghaoith air an cùl, b' e sgrìob shocrach fo sheòl suas an loch a bhiodh fan comhair. Cha robh rian nach ruigeadh iad Inbhir Aora ro dheireadh an latha. Dh'fheumadh iad a ruighinn. B' e an ath latha an t-Sàbaid is fios aig na fir nach biodh e ceadaichte dhaibh siubhal air an latha sin. Chaidh a' chùirt a ghairm son Diluain. Thilg iad an cuid cas-bheairt is an culaidh am broinn a' bhàta agus le briogaisean air am pasgadh mun glùinean ghrunnaich iad gu tuisleach a-mach dhan bhata a bha a-nis fo smachd Phàdair agus grèim aige le dhà làimh air a ceann-toisich. Fear mu seach tharraing iad iad fhèin air bòrd agus ghabh iad an suidheachan gus nach robh air fhàgail anns an t-sàl ach Joshua is e a' strì ri fhaighinn fhèin air bòrd. Rug Iain is Dòmhnall air achlais an urra air, is theann iad ri shlaodadh, ach fiù 's aig a sin, chan fhaighte a-steach e. B' fheudar do Phàdair leum air ais dhan uisge is togail a thoirt dha Joshua mun chom mus deach a tharraing glan thar na cliathaich mar iasg fleòidhte, is thuit e a-steach air a' bheing fodha.

Leis an t-seòl bheag suas, ghabh an t-eathar oirre gu sunndach a' fàgail an òsta air a cùlaibh. Bha teaghlach beag an aitreibh air a thighinn a-mach gus soraidh a thoirt do na h-aoighean is iad a' smèideadh bho bheul an dorais. Os an cionn bha seacaidean dearga nan saighdear air an sgaoileadh mar bhrataichean air an tughadh gus tioramachadh sa ghaoith thlàith.

Is gann a bha am bàta air an cladach fhàgail na thòisich na seann thrioblaidean mionaich aig Joshua is iad a' gairm an teachd le brùchd is rùchdail nach gabhadh a smachdachadh.

## DISATHAIRNE

B' e latha de dh'àmhghar a bha gu bhith roimhe mura dèanadh e rudeigin mun chàs san robh e. Thug e a-mach an t-searrag a thug an dotair dha an oidhche roimhe às a phòcaid agus thug e slug math aiste. Thug blas searbh na cungaidh drèin car tiotan gu aodann. Cha bu luaithe ge-tà a bha i air stealladh sìos a sgòrnan is air a mhionach a' ruighinn na sguab tonn faochaidh troimhe. Dh'fhairicheadh e an t-snaidhm na mhionach a' fuasgladh. Thog a spiorad bho na buinn an-àirde gus an do dh'fhàg e a bhodhaig uile gu lèir is e a' siubhal tron adhar; suas. Suas gu ruige nan speur. Fodha bha am bàta le sheòl sìnte a' fàs na bu lugha is na bu lugha. Chitheadh e a' bhodhaig fhèin na slaod aig an deireadh. 'S mòr a' bhuaidh a bheir laudanum air an duine nach eil cleachdte ris.

Bha Joshua a-nis air iteig am measg nam faoileagan. Bu bhuidhe dhàsan gura b' e Beurla a bh' aca ach cha robh an cainnt a' tighinn ri chàil oir bha iad ga dhìteadh fear mu seach san dol seachad. Callous!... Avaricious!... Despised!... Ridiculed!... Conceited!... Hypocrite!

Guilty! Guilty! Guilty! Chruinnich na faoileagan nan sgaoth uime is gach tè a' faighinn grèim air bad de aodach na gob. Thog iad mar sin e is stiùir iad e gu sgòth far an do leig iad às e air muin tuim cheòthaich. Thàinig faoileag a-nuas ri thaobh is chuir i sanas na chluais, 'She was only a child, Joshua.'

Agus bho tèile san dol seachad, 'She was only a child.'

Thog Joshua a cheann is chunnaic e an sin buidheann fhireannach a' cromadh air a bheulaibh. Ged a bha an cùl ris dh'aithnicheadh e iad air an aodach dhubh is air an cruth righinn, na feusagan fada liath aca. Bha iad uile an sin: Willy Campbell, Maxwell Smith, Ronald MacAlastair, Archibald Hamilton, Lucas Thomson. Na co-èildearan aige uile. Chaidh e a-null thuca is ghabh e àite sa chearcall. Fan comhair bha boireannach òg, trom na sìneadh is a' chaimis gheal aice togte mu a meadhan, a craiceann cho geal ris an sgòth fòidhpe, is i an làn ghlac a saothrach, na toinneamh, a' leigeil mòthar cràidh. Measgaichte leis chualas rànail boireannaich eile is e a' tighinn bho mhàthair na h-ighne a bha na slaod eadar dà bheul an dorais a-steach dhan chùlaist far an robh an gnothach ga thoirt a-mach. Chaidh an còrr dhen teaghlach aice a chur gu taighean san nàbachd gus am biodh an gnìomh seachad. Bha an fhearg ris an do chuir i aghaidh air na h-èildearan aig doras an taighe aice air a dhol na eu-dòchas is i gun chumhachd stad a chur orra, i gun chumhachd fiù 's san taigh aice fhèin.

Bha a' bhean-ghlùine air a glacadh air taobh a-muigh cearcall teann nam fear, a h-aodann mèath na fhallas, muinchillean a caimis truiste mu na h-uileannan, is i a' brodadh le dòrn air druim nam fear agus a' tarraing air an cuid-aodaich ann an oidhirp faighinn a-steach.

Bha na fir a' luasgadh mu thimcheall air a' bhoireannach fòdhpa mar fhithich, na h-aodannan aca a' priobadh ann a solas fann a' chorra choinneal bhlonaig a chaidh a chàradh mun t-seòmar. Bha iad mar aon a' tomhadh rithe is ag èigheachd oirre, 'Who? Tell us who? Who is the father?'

'The child must have a father!'

'It's three months since you were called before the kirk session. We will have our answer.'

Bha dùirn a' bhoireannaich air an dùnadh gu teann. Bha ceann maol an naoidhein a-nis air nochdadh sa chreuchd fhosgailte eadar a dà shliasaid sgaoilte. Chrùb Joshua sìos is ghreimich e gu teann air ruighe air an nighinn. Le làmh eile phut e air ceann an naoidhein.

'We will have our answer before this child sees the world.'

Dh'fhosgail dùirn na h-ighne is thàinig gròcail às a beul, 'James Murchie! It was James Murchie!'

## DISATHAIRNE

Le fuasgladh aithghearr bhrùchd an naoidhean a-mach, is sin e na shìneadh air a dhruim dìreach na lòn gaoire is fala a' ballachadh gilead na sgòtha. Shnìomh am pàiste greis an sin mus d' fhuair e air a chasan is a cheumnaich e a dh'ionnsaigh Joshua leis a' chòrd-imleige fhathast a' sìneadh bhuaithe a-steach gu a mhàthair. A dh'aindeoin a' ghaorra is na fala a chòmhdaich aodann a' phàiste, b' aithne do Joshua gur e seo mac na searbhanta aig Leaspaidh. Choimhead am pàiste gu dìreach an sùilean Joshua is e a' tomhadh ris. Thuirt e, 'You killed my father.'

Dh'fhalbh an sgòth fo Joshua gu h-obann, is thuit e. Sìos is sìos. Sìos seachad air na faoileagan is an sùilean buidhe magach. Sìos na dheann a dh'ionnsaigh a' bhàta is e fhèin aig a' chùl gun ghluasad is cuideigin a-nis na sheasamh os a chionn; air ais a-steach gu bhodhaig. Thàinig e thuige fhèin le clisgeadh. Bha grèim aig cuideigin air a ghàirdean. Bha cuideigin ag èigheachd air. Tro sgleò dìobairteach chitheadh Joshua cruth Leaspaidh os a chionn.

'Bail! You must bail or we will sink!' Bha Leaspaidh a' sìneadh na cuinneige thuige. Bha a' ghaoth air an trèigsinn agus an seòl air a dhol flagach. Mu thimcheall air bha na fir a' cur a-mach na ràimh. Nuair a choimhead Joshua sìos bu lèir dha gun robh a chasan air am bogadh ann an dà òirleach de dh'uisge. An sin, a' snìomh san uisge, bha òigear is a làmhan air an sìneadh thuige. Bha a bheul a' gluasad ach cha chluinneadh Joshua smid de na bha e ag ràdh.

Thug Leaspaidh sgailc chruaidh dha Joshua an clàr aodainn. Ghuin a' bhuille gruaidhe e is dhùisg e bho bhreisleach. Rug e air a' chuinneig agus chuir e sìos dhan uisge i. Ach chan obraicheadh a ghàirdean agus cha b' urrainn dha a togail. Spìon Leaspaidh bhuaithe i is theann e fhèin ri taomadh. B' fheudar dhan eathar fantail an sin na thàmh gus an robh Leaspaidh deiseil is an ràmh aige air ais na làmhan. B' e adhartas mall a rinn iad an uair sin suas an loch, a' stad gu cunbhalach gus an rachadh an t-uisge a bha air cruinneachadh a thaomadh a-mach. Gus cùisean a dhèanamh na bu mhiosa dhaibh bha a' ghaoth air togail às ùr, ach a-nis bha i a' tighinn bho gach uile àird na cuairtein, a' cur car ann an sròn a' bhàta agus a' sgeith sìl is cop orra. Cha dèanadh gaoth chaochlaideach mar sin ach magadh agus dochann air an t-seòl aca nan cuirte suas e. Cha robh roghainn aca ach cumail a' dol fo chumhachd fann nan ràmh. Ged a bha taighean geala Bhaile Inbhir Aora aig ceann an locha a-nis san amharc dhan sgioba tro na cnapan gaoithe 's iad nan crùban aig oir an locha, an caisteal air a' chnoc air an cùl a' cumail faire orra, bha e air fàs follaiseach dhaibh nach ruigeadh iad e ro bheul na h-oidhche is e mar-thà a' meathadh a-steach dhan chiaradh. Dh'fhiar am bàta gu ruige cladach an locha ach am faigheadh iad cuid na h-oidhche am badeigin an sin. Bhiodh iad uile mothachail air a' cho-dhùnadh dhuilich a bhiodh romhpa an ath latha nuair a bhriseadh an t-Sàbaid orra agus fhathast astar eadar iad is an ceann-uidhe. Cha tug fear seach fear dhiubh iomradh air a' chuspair is an aire aig an ìre-sa air fasgadh is fois.

B' e an aon chomharra air làthaireachd mhic an duine a bha fan comhair similear ceàrnagach a stob a-mach às na sgrid-chraobhan air an oirthir, is beagan ceòtha a' falbh na cuairteagan leis a' ghaoith bhuaithe. B' ann air sin a rinn iad. Thàinig iad gu tìr aig còmhnard glas far an do shlaod iad an t-eathar suas thar a' mhol dhan bhlàr. Aig ceann a' chòmhnaird fo fhasgadh doire bha corra theanta-bogha aig na ceàrdan a' plabraich sa ghaoith, na cairtean aca sgapte mu thimcheall orra. Bha an cuid eich nan seasamh gu stòlda, na casan dìreach aca mar mhac-samhail de stoban nan craobhan beithe air an cùlaibh is an cinn air aomadh gu

## DISATHAIRNE

dìblidh. Thog na fir an culaidh bhog bho bhonn a' bhàta is le làmhan gach fir ris an t-slait-bheòil, ach a-mhàin Joshua a bha air leigeil bhuaithe air ulpag aig oir a' chladaich – chuir iad car ann ga leigeil air a bheul fodha. An sin rinn iad air an togalach thacail, bhunach taobh thall an rathaid a bha na sheasamh aig bonn an t-simileir a bha air a bhith na chomharra stiùir dhaibh a-muigh air an loch. Chaidh an doras tomadach aig ceann an aitreibh fhàgail sgeòideach is dh'èalaidh iad a-steach troimhe. Romhpa bha talla dorcha fosgailte, is seann acainn is uidheamachd sgapte mu thimcheall air neo crochte ris na ballaichean. Nan robh iad air a bhith ann deich bliadhna na bu thràithe bhiodh iad air an cuairteachadh le luchd-obrach trang ri cruthachadh urchraichean chanain is buill-airm eile dhan chogadh an aghaidh Napoleon, agus gleadhraich na h-uidheamachd, a bha a-nis na thàmh, gam bodhradh. Ach le sìth bha crìonadh air a thighinn air an àite a bhiodh na thàmh buileach a-nis mura b' e gun robh gobha ga chur gu feum mar cheàrdach. Aig ceann thall an talla bha cruth daonna dubharach, is cùl aige riutha, teallach air a bheulaibh is sradagan a' leum mu thimcheall air mar gur e an diabhal fhèin a bh' ann a' grìosadh teintean ifrinne. Ri thaobh, mar dheamhan beag, bha gille a' gluasad suas is sìos is e ag obrachadh a' bhuilg-shèididh.

Ged a bha an gille air mothachadh dhan fheadhainn a bha a' dlùthadh air tron duibhre, cha do sguir e a shèideadh agus bha na fir air cùlaibh a' ghobha mus tug esan an aire dhaibh. Thionndaidh e thuca le crudha caoireach aig ceann clobha na làimh. B' e buidheann truagh ri choimhead a bh' anns na fir a-nis agus an aodach is am falt fliuch a' sileadh. Thug an gobha ceum gu aon taobh is chomharraich e dhaibh le smèideadh dhen chlobha an dlùthachadh fhèin ris an teine mus do thom e an crudha dhan bharaill uisge a leig às siosarnaich ainneartach. Chàirich e an crudha gu pongail air oir an teallaich is chroch e an clobha air tarrag. Sheas na fir mar sin greis lem basan fosgailte sìnte a dh'ionnsaigh an teine is smùid ag èirigh bhon aodach aca. Dh'innis iad dhan ghobha mun chàs san robh iad is dh'fhaighnich iad dheth an robh àite ann far am faigheadh iad fasgadh airson na h-oidhche.

'Bhiodh e cho math dhuibh fuireach an seo,' thuirt e riutha. 'Tha an t-àite dìonach fhathast. Ma thèid sibh ann a shin,' shònraich e staidhre bheag dhaibh air an cùlaibh, 'gheibh sibh làr dèile shuas a bhios cofhurtail gu leòr, agus an salann sa bhrot, thig blàths bhon teine a-nuas thugaibh.' Chuir e an gille a dh'iarraidh biadh agus thill esan an ceann greis le aran-coirce, corra ugh paisgte ann an neapraig is gruth ann an crogan. Chuir an gobha na h-uighean anns a' choire teatha aige a chàraich e aig oir nan èibhleagan. Thog e an uair sin sluasaid is le sin thilg e beagan a bharrachd gual-fhiodha air muin an teine bhon tiùrr san oisinn.

'What do we owe you for your services?' dh'fhaighnich Joshua, a bha air tilleadh thuige fhèin beagan is e a' toirt sporan a-mach à pòca a chòta. 'Am I the only one to appreciate this man's hospitality?' Sheall e ris a' chòrr.

Thog an gobha làmh is thuirt e, 'One day I may be on your doorstep in the same predicament. You can repay me then.'

Le sin dh'fhàg e soraidh aig na fir ag innse dhaibh gun robh bean is teaghlach a' feitheamh air aig an taigh. Shlaod na fir being a-null bhon bhalla dhan teine is rinn Iain, Donnchadh, Leaspaidh is Dòmhnall suidhe air sin. Cha robh rùm ann airson Pàdair a sheas gu aon taobh le dhruim an tac an teallaich no do Joshua a shuidh air cuinneag a bha e air a chur beul fòidhpe air an taobh eile. Thill an gille a-rithist le ultach phlangaidean a dh'fhàg e air muin bòrd-obrach.

## DISATHAIRNE

Bha faileasan nam fear a-nis a' seargadh dhan dorchadas a bha gan suaineadh is am beagan sòlas grèine a bha a' faighinn tro na h-uinneagan gu h-àrd a-nis gan trèigsinn. Gun lòchran no coinneal aca cha robh ach solas fann na corra-chagailt a thilgeadh leus air an gnùisean. Cha robh facal a' dol eatarra is iad a' mealtainn an cuid bìdh is gach fear caillte sna smuaintean buaireasach aige fhèin. An-dràsta agus a-rithist thigeadh srann tiamhaidh bhon t-similear is ioma-ghaoth aithghearr a' bualadh air, air a leantainn le brag nan sglèat os an cionn. Bha am biadh a' togail neart nam fear às ùr agus le sin an droch-rùn. Cha robh an suidheachadh san robh iad a' còrdadh ri fear seach fear dhiubh. Bha an t-sàmhchair thiugh air sìneadh fada mus do theann Pàdair ri ceumnachadh gu h-an-fhoiseil. Theann e ri brunndail, '*Is an-aoibhainn dhuibh a sgrìobhaichean is a Pharasacha, a chealgairean: oir is cosmhail sibh ri uaighean gealaichte a tha maiseach air an taobh a-muigh, ach air an taobh a-staigh a tha làn de chnàmhan dhaoine marbha agus den uile shalchar... Mar an ceudna, tha sibhse an leth a-muigh am fianais dhaoine ann an coslas fhìreanan ach anns an taobh a-staigh làn ceilg agus easaontais... Agus na tugaibh breith agus cha toirear breith oirbh; na dìtibh, agus cha dìtear sibh; thugaibh maitheanas: agus bheirear maitheanas dhuibh.*'

Le sin shlaod e an t-òrd trom aige a-mach às a phòcaid. Thòisich an t-òrd a' crith na làimh. Mu dheireadh thuit làmh Phàdair leis an òrd na grèim gu a shlios. Thionndaidh e is thilg e an t-òrd gu meadhan an teine às an do sgaoil fras shradagan suas dhan t-similear. Rinn e air an doras aig cùl an talla.

B' e an ath dhuine a dh'èirich gu a chois, Leaspaidh. Chaidh esan a-null chun an teallaich is ghreimich e air cas an ùird a bha na laighe an sin faisg air far an robh an t-òrd aig Pàdair a' cnàmh air leabaidh èibhleagan. Le gluasad beag sgiobalta chuir e ann am pòcaid a sheacaid e agus rinn e a shlighe seachad air càch a dh'ionnsaigh nan dorsan aig cùl an talla is a-mach tron bheàrn chumhang eatarra. An sin, taobh thall an rathaid air an raon, bha faileas Phàdair na sheasamh; a' feitheamh. Chaidh e a-null thuige. Dh'fheith e gus an robh Pàdair air tionndadh agus an dithis aca aghaidh ri aghaidh mus tug Leaspaidh seachad a theachdaireachd, ''S mis' athair a' phàiste a tha a' cinntinn am broinn do mhnà. Tha an rùn mallaichte seo air dòrainn gu leòr adhbharachadh mar-thà. Thig an naidheachd am bàrr dòigh air choreigin mus ruig sinn Inbhir Aora ma ruigeas sinn idir ann. B' fheàrr leam gur ann às a' bheul agam fhìn a chluinneas tu e.'

Le sin thug e an t-òrd a-mach às a phòcaid is shìn e gu Pàdair e. Ghreimich Pàdair air gu teann. Thug e an uair sin tamall a' ceumnachadh air ais is air adhart, is na rùdain aige a' dol geal le cho teann 's a bha a ghrèim air an òrd a' fàs. Stad e agus chuir e aghaidh air Leaspaidh, 'Tha bean agad ann an Irbhinn. A rèir cuid tha dàrna bean agad ann an Arainn. Carson a bhiodh feum agad air mo bhean-sa a thuilleadh air sin?'

'Bha i a' sireadh furtachd, sin uireas. Rud a chaidh agam air a thoirt dhi. Rud a tha nam ghnè a thoirt dhi. Tha laigsean annainn uile. 'S iad na boireannaich an laigse agamsa, aithnichidh mi sin. Aonan dhiubh co-dhiù. Ach rud eile a dh'aithnicheas mi 's e nach eil annam dhìse ach dìoghaltas air do chuid dearmaid, is mura b' e mise, b' e cuideigin eile a bhiodh ann.'

Le sin thog Pàdair an t-òrd bàrr a chinn is a làmh air chrith. Dhùin Leaspaidh a shùilean, ach cha tàinig a' bhuille ris an robh e an dùil. An àite sin dh'fhairich e làmhan mu lurgannan. Nuair a dh'fhosgail e a shùilean sin Pàdair air a ghlùinean 's e a' gal; na guailnean ceàrnagach aige a' luaisgeadh fodha is fhalt tiugh mì-rianach a' siabadh mu a cheann, an t-òrd na laighe san fheur ri thaobh. 'Is peacach mise. Tha fhios gu bheil mi airidh air seo. Dìoladh, 's e a th' ann.'

Dh'fheuch Leaspaidh air fhuasgladh fhèin bho ghrèim Phàdair is thionndaidh e gus falbh ach fhuair e gun robh làmhan an duine a-nis a' dìreadh suas a cholainn is Pàdair ga shlaodadh fhèin às an dèidh. Mar sin dh'èirich Pàdair na sheasamh gus an robh na sùilean plamach, dearga aige a' coimhead gu dìreach a-steach do shùilean Leaspaidh. Rug e air ghàirdeanan air, 'Togaidh mi am pàiste. Bheir mi gaol dha, mar gur leams' e. Leamsa a bhios e.' Tharraing e anail dhomhain gus an robh a bhroilleach air at fo chòta. 'Chan eil ach aon rud a dh'iarras mi ort.'

'Ainmich do thoil is gèillidh mi ris.'

'Sin gum fàg thu an t-eilean gun sgeul ort san àite tuilleadh. Chan eil mi airson thu a bhith san t-sealladh dhomh a chur m' àmhghair is m' fhearg fam chomhair gach uile latha.'

Bha Leaspaidh airson freagairt. Bha e airson a ràdh, "Dè thachras dhan bhean a tha an urra rium. Dè thachras dhan ghille aice? Chan eil dòigh a b' urrainn dhaibh gluasad gu tìr-mòr còmhla rium.' Ach bha fhios aige nach bu dligheach dha dad a ràdh. Thionndaidh e is thill dhan cheàrdaich. An ceann greis thill agus Pàdair. Chuir e an t-òrd air ais na àite aig oir an teallaich is thionndaidh e ri Joshua, 'I cannot be sure,' thuirt e. 'I mean, I cannot say for certain it was Duncan I saw coming from the pier in Tarbert. It was dark, it could have been anyone. It could have been anything in that jar. It could have been water.'

Thug e dà cheum a dh'ionnsaigh Joshua, 'I will not be your witness. I will not have someone condemned on account of my sins. You are playing God with our lives and I will have no part in your scheme. Nothing good will come of this, only evil,' thuirt e. 'Mar a thachair an turas mu dheireadh!'

B' e Dòmhnall a dh'èirich na sheasamh a-nis, 'Tha sin ceart. He was only a boy. John Murchie. A sinner to you, but a brother, a son, a friend to us.'

B' e latha rag a bh' ann is a' ghaoth bhon tuath, an latha a thàinig an naidheachd gu Iain MacMhurchaidh gun deach a ghairm dhan t-seisean; na dualan mìne aige a' luaisgeadh air a bhathais taobh a-muigh doras an taighe aige; am ministear le aodann mar eibhir air a bheulaibh ag innse dha gun d' fhuaireadh fios gur esan athair an leanaibh aig nighean Nèill Mhic an Airgid. An latha a thuit an truaghan sin do a ghlùinean is e a' gal is a' crith. Cha robh e ach sia bliadhna deug a dh'aois. An latha a thug e ceum a-mach le casan rùisgte dhan chosta. Bha am muir na bhoil nuair a thilg e e fhèin bhon chreig. An latha a chaidh an gille a thulgadh mar luideag san uisge gus an deach a cheann a bhriseadh air clach agus a dh'fhalbh fhuil leis an fhairge chaothaich. Bha cop a' sèideadh thar a' mhoil nuair a fhuair caileag lorg air a' bhodhaig bhrùite; na dualan mìne aige a-nis a' snàmh sna tuinn. Bha gaoth fhuar an latha ud air a bhith a' sèideadh tro choimhearsnachd an eilein bhon uair sin.

Tubaist a chainnte ris leis na h-ùghdarrasan a chùm an tàmailt a dhèanamh iomlan.

Bha sgleò a' chaothaich air nochdadh ann an sùilean Joshua às ùr, 'The destiny of every man is in the hands of God. My duty is to Him and Him alone.' Bha na faclan a' sgèith bho bheul air muin a chèile tro fhras seile. 'The heavens declare his righteousness, for God himself is judge. My calling is to do his will. I will have my witness!'

Theàrn sàmhchair theann air a' chuideachd mus do chuir Joshua crìoch air a theachdaireachd leis na faclan, 'You will be aware that I am a man of some influence. There are none of you could describe your station on the island as entirely stable. I need not remind you that word of your conduct will reach your spiritual and earthly superiors.'

Thug Joshua sùil air na fireannaich eile, fear mu seach bhon chluinnte tarraing anail dhian. Thug iad uile sùil dhan dàrna taobh. Chuir Joshua seachad greiseag a' cnuasachadh mus do thionndaidh e ri Iain MacDhonnchaidh, 'Mr Robertson, you of all people must know how much rests on your reputation. I am informed you are to be an important customer of mine, that you will be requiring more grain to be milled by me in the near future. Well, if it is not you, I'll be just as content to mill for another man. There are plenty would jump at the opportunity that has been offered to you.'

Thionndaidh na fir eile ri Iain. B' e Leaspaidh a chuir an cèill smaointean chàich, 'Cò air a tha an duine a-mach?'

'Tha,' leum Donnchadh a-steach, 'gu bheil esan gu bhith a' gabhail thairis na taice mòire aig Baile Mhìcheil. 'S e Seoc a dh'obraicheas don mhaor-ghruinnd Stoddart a dh'innis sin dhomh 's e fon daoraich. Nach e a bha diombach an oidhche sin, is esan aig an robh còir. 'S e a chuideachd fhèin a bhios air am fuadachadh bhon fhearann is bhon dùthchas aca gus tuathanas mòr a chruthachadh. An dearbh fhear a bhios Iain a ghabhail os làimh a rèir coltais.'

Theàrn a h-uile sùil air Iain a bha a' coimhead ri a chasan. Thog a cheann gu màirnealach is sheas e. A dh'aindeoin na tàmailt na shùilean thàinig na faclan às a bheul mar gun robh beatha fa leth aca, 'I will be your witness.'

Dh'fhan càch greis bog balbh mus do bhris an t-suail dhen agartasan air Iain,

'Carson?'

'Chan urrainn dhut!'

'Na dèan sin!'

Dh'fheith Iain gus an do shocraich bragadaich nan guthan aca mus do bhruidhinn e, 'Chan eil roghainn agam a bheil? Mura dèan mi seo 's e bochdainn is fògradh a tha gu bhith fa-near dhomh, agus chan ann dhòmhsa a-mhàin ach dham theaghlach air fad, dham dhlùth is dham dhàimh. Nam biodh fear seach fear dhibh nam àite nach dèanadh sibh an aon rud? 'Chan eil duine ann a tha an urra riut, a bheil a Dhonnchaidh, ach thu fhèin? Tha fhios gum fuiling thusa ri linn na h-oillte seo ach chan fhuiling duine eile na dhèidh. Duilich ach sin mar a tha!'

Ghabh Iain suidhe air ais air a' bheing pìos beag bho chàch agus choimhead e gu dian a-steach dhan teine fa chomhair mar gun robh e fo sheun aige. Gun fhacal às, thog Joshua am baga aige a bha na laighe ri thaobh agus chaidh e a-null dhan bhòrd-obrach far an tug e plangaid às a' chnap dhiubh a bha sgaoilte air uachdar. Suas an staidhre bheag, chumhang a ghabh e le strì dhan t-seòmair shuas, a' dol à fianais.

Nuair a ràinig Joshua an rùm beag shuas leig e am baga is a' phlangaid aige chun an làir. Bha na gluasadan aige daingeann is cinnteach is iad air an stiùireadh le fèin-dìon. Rinn e sporghail sa bhaga aige is thug e a-mach an daga. An uair sin an adharc phùdair, ghrinn, shnaidhte a bha e air a cheannach aig prìs nach beag bhon t-saighdear aig an Oitir; le pùdar tioram na broinn. Cha bhiodh ach beagan ùine aige, bha fhios aige air sin, ach bha aigne air ghleus agus a chorragan ag obair gu coileanta nuair a làimhsich e an acainn aige anns a' bheagan solais gealaiche a bha a' faighinn a-steach air an uinneig bhig. Bha e air ruith thairis air a' mhòmaid seo na inntinn grunn math thursan on a dh'fhàilnich an gnìomh air an turas mu dheireadh. Ann an ùine gun a bhith fada bha urchair air a stobadh gu teann aig bonn a' bharaille na chuibhrig cuifein air leabaidh phùdair is beagan pùdair anns a' phana-lasair.

Chuir e an daga air an làr ri thaobh is chàirich e a bhaga air a mhuin gus fhalach. Laigh e sìos an uair sin ri thaobh

## DISATHAIRNE

is tharraing e a' phlangaid uime le chòta na chluasag fo cheann. Chùm e a shùilean fosgailte 's e an dùil gun dèanadh e caithris. Ach bha e ro sgìth ri linn buaireadh nan làithean a dh'fhalbh. Ann an ùine ghoirid dh'fhalbh an cadal leis. Cha do mhothaich Joshua do chàch, an dà chuid nuair a thàinig iad a laighe goirid às a dhèidh, no nuair a dh'èirich iad an ath latha.

# Latha na Sàbaid

DHÙISG JOSHUA LE solas an latha a' fiaradh tron uinneig air aodann ann an seòmar lom. Chluinneadh e torman nan guthan aig càch gu h-ìosal. Chuir e uime a chòta agus leis an daga na phòcaid is baga na làimh theàrn e an staidhre. Bha a chompanaich nan seasamh an sin nan cearcall is Pàdair a' dèanamh ùrnaigh dhaibh; an guth domhain aige a' lìonadh an talla, *Na tugaibh breith a chùm nach toirear breith oirbh. Oir a rèir na breithe a bheir sibh, bheirear breith oirbh: agus leis an tomhas leis an tomhais sibh, tomhaisear dhuibh a-rìs. Agus carson a tha thu a' faicinn an smùirnein a tha an sùil do bhràthar, ach nach eil thu toirt fa-near na sail a tha ann ad shùil fèin? No cionnas a their thu rid bhràthar, Fulaing dhomh an smùirnean a spìonadh às do shùil; agus, feuch, an t-sail ann ad shùil fhèin. A chealgaire, buin air tùs an t-sail às do shùil fhèin; agus an sin is lèir dhut gu math an smùirnean a bhuntainn à sùil do bhràthar.*

Cha robh Bìoball a dhìth air Pàdair agus na faclan aige air a theanga. Air a chùlaibh bha snàithlean ceòtha fhathast ag èirigh gu màirnealach dhan t-similear. Dh'fheith Joshua gus an robh Pàdair deiseil mus do bhruidhinn e, 'Are we ready to depart?'

Thionndaidh càch thuige.

'It is the Sabbath,' thuirt Pàdair.

'The jury requires fifteen chosen by ballot from the forty-five potential jurors who will appear in Inveraray,' chuir

Leaspaidh ris. 'They will barely miss our presence. I say we fix the boat and set off home tomorrow.'

'But we have a duty to be at that court tomorrow!' Dh'èirich guth èiginneach Johsua.

Theannaich cearcall nam fear is bhrunndail iad tamall am measg a chèile. Dhealaich Pàdair bhon chearcall agus thug e corra cheum a dh'ionnsaigh Joshua, 'We are answerable only to the word of God,' thuirt e.

'We shall sail to Inverary! We shall be at that court! We have a duty to God and those earthly powers that work on his behalf!' spliathartaich Joshua. Thug e sùil gheur air Iain, 'I will be assured of your support on this matter. You have a testimony to deliver.' Sheall Iain sìos ri bhrògan. Facal cha tuirt e.

Bha na fir eòlach a-nis air a' chaothach a nochd às ùr ann an sùilean Joshua. Thuig iad an droch chomharra a bh' ann, ach cha robh gin dhiubh an dùil ris an ath rud a rinn e. Ann an tiotan bha an daga aig Joshua air a spìonadh a-mach às a phòcaid agus air a chuimseachadh air Pàdair. Bho chùl Phàdair rinn Dòmhnall air Joshua le dùirn air an dùnadh ach shìn Pàdair a làmh gu aon taobh a chur bacadh air, a' guidhe, ''S e an t-Sàbaid a th' ann, cuimhnich. Chan eil math dhuinn a bhith ri fòirneart. Rèitichear a' chùis le rian is foighidinn a-mhàin.'

Rinn Dòmhnall siot-ghàire, 'Tha pùdar an duine fliuch! Chan eil ann ach callach. Chan èirich a bhod. Cha loisg e ged a tharraingeas e air an trigear!' agus gu Joshua, 'Your powder is damp!'

Le sin chuir Joshua a làmh shaor a-steach do phòcaid a chòta agus thug e a-mach an adharc-phùdair ghrinn, shnaidhte. 'My powder is dry,' thuirt e.

Thionndaidh Pàdair ri càch, 'Chan eil roghainn againn, cha chreid mi. Togamaid oirnn ma-thà. Sin an aon dòigh

## LATHA NA SÀBAID

aimhreit a sheachnadh. Nas miosa aimhreit air an t-Sàbaid na gnìomh is cinnteach,' ars e.

Thog iadsan an stuth aca a bha sgapte mu thimcheall orra air an làr agus ghabh iad a-mach tron doras le Joshua air an cùlaibh. A-muigh air an raon bha teintean nan ceàrd air an cur thuige am measg nan teantaichean is ceò asta a' siabadh gu mall tro gheugan nan craobhan. Bha an cuid eich a-nis ma sgaoil is iad ag ionaltradh air a' chòmhnard fheurach eadar na teantaichean is bàta nam fear. Chaidh iad a-null thuige agus le sparradh neartmhor aig na h-Arainnich chaidh a chur air ais air a dhruim dìreach. Chuireadh innte na ràimh is shlaodadh i a-steach dhan uisge. Thilg na fir an culaidh na bhroinn agus chaidh iad air bòrd le Joshua a' sporghail dhan deireadh is an daga aige fhathast togte. Chàraicheadh na ràimh sna putagan agus le tarraing orra dh'fhiar sròn a' bhàta an comhair ceann an locha is theann i ri imeachd gu mall dha ionnsaigh. Cha robh soitheach eile san amharc is b' e an aon fhuaim a chluinnte bualadh ruitheamach, leantaileach nan ràmh gun fhacal à beul duine. Rin taobh, bhogaich geugan nan craobhan sna caislichean dhan uisge mar gun robh iad a' feuchainn ri breith air an eathar san dol seachad. Air an taobh eile shìn an loch farsaing gu beanntan Chomhghaill is deannagan ceòtha caithte an siud 's an seo mun guailnean. Bu chòir gun ruigeadh iad Inbhir Aora mu mheadhan-latha is taighean a' bhaile a' dlùthadh orra gu mall.

Fo chasan nan ràmhaichean bha an t-uisge ag èirigh. An ceann greis bha e air a dhol seachad air an adhbrainnean is bha e ag èaladh suas an luirgnean. B' e Pàdair a chuir an cèill na bha air aire gach fir aca, 'We need to bail. Or we'll go under long before we reach Inverary.'

Stad an t-eathar agus leis na ràimh air an toirt a-steach theann Pàdair ri taomadh is chùm e ris gus nach robh ach lòn beag a' sluaisreadh am bonn a' bhàta. Chuireadh na ràimh a-mach às ùr ach mus deach an tumadh dhan uisge thog Dòmhnall an ràmh aige is thionndaidh e ri Joshua. Bhrùchd na faclan feirge chuingealaichte a-mach às gu mabach, 'We have seen enough of our people taken from us. Press-ganged, transported, cleared, emigrated, starved out. You know that exile is the fate which awaits Duncan if your persecution of him succeeds. Believe me I have tasted exile and know its pain.' Thilg e smugaid thar na cliathaich. 'I will not be party to your plan. This is not the first time I have looked down the barrel of a gun. I will not bow to your wish nor to those scoundrels to whose tune you dance. I for one will row no further.'

Dh'èirich gàirdean Joshua is chrith ceann a' bharaille na làimh. B' e Leaspaidh an uair sin a thog an ràmh aigesan bhon phutag is a tharraing a-steach e, 'Take away one of us and a piece of all of us leaves with him,' ars e. 'You have only one bullet. You will need to decide who you are going to use it on. I too will not row.'

Chaidh Joshua gu cugallach na sheasamh leis a' bhàta ag udal fo chasan is bàrr baraill a dhaga a' gogadh na làimh eadar ceann Leaspaidh is ceann Dhòmhnaill. Tharraing Pàdair is Donnchadh an uair sin na ràimh aca a-steach. Cha robh ach an ràmh aig Iain a-nis crochte thar an uisge, is a làmhan a' teannachadh air a cheann. Dh'fhan e greis mar sin gus an do bhris rudeigin na bhroinn gun rabhadh. Gu clis bha e air a chois le dhùirn air an dùnadh agus le buille fon pheirceall chuir e Joshua glan thar na cliathaich. Sin Joshua a' plubadaich san uisge is a làmhan a' sùisteadh os a chionn, an daga aige ag udal sìos dhan dubharachd fodha a' tilgeil lainnirean bhon obair-mheatailt aige mus deach e à fianais. Gu mall bha Joshua a' dealachadh ris a' bhàta. 'S cinnteach gur e an aon smaoin a bha a' dol mu chinn an fheadhainn air an eathar, 'Fàgamaid an sin e. Chan eil rian nach e tubaist a bhiodh ann. Cò aig am biodh fios nach b' e?'

Nuair a sheall Dòmhnall sìos air Joshua b' aithne dha am feagal sin na shùilean oir cha b' e sin a' chiad uair a chunnaic e a leithid. Chan fhaiceadh e san uisge ach a sheann charaid Niall Mac a' Phì a chaill e aig muir o chionn iomadh bliadhna, a bhiodh chun an latha an-diugh, daonnan air aire. Chan fhuilingeadh e an aon chall a-rithist is fios aige gun lèireadh e fad a' chòrr de a bheatha e. B' e a' chiad fhear a thog an ràmh aige agus a leig dhan uisge e. Le tarraing air chuir e car ann an sròn a' bhàta gus an robh i ag amas air Joshua. Lean càch e a' leigeil nan ràmh acasan dhan uisge is a' putadh an t-soithich an comhair an truaghain san uisge.

Nis, tha e cus nas fhasa cuideigin a chur thar cliathaich bàta na tha e a tharraing air ais a-steach. B' ann le strì chruaidh a fhuair Pàdair is Dòmhnall air bodhaig bhog Joshua a shlaodadh air bòrd fhad 's a chroch càch thar cliathach eile a' bhàta gus nach rachadh i thairis. Thug Leaspaidh a-steach Joshua is shìn e air bonn a' bhàta aig an deireadh e; a dhruim an tac an stuic. Chàraich e e fhèin a-nis ri thaobh ga thogail na uchd, is theannaich e a ghàirdeanan ma thimcheall gus a chumail rèidh agus a-mach às an uisge anns a' bhonn. Bha sùilean Joshua a' roiligeadh na cheann is aodann air tionndadh liath. Chrom Donnchadh dha ionnsaigh is chàraich e a liopan gu teann air a liopan saillte fuaraidh is sginn e anail a-steach dha sgamhanan. Dh'èirich broilleach Joshua fo chòta. Thug Iain corra bhuille dha le sàil a bhoise air a chliathan.

Le briosg thàinig steall sàil bho oir beul Joshua is dh'fhosgail a shùilean gu h-obann. Annta bhoillsg geilt. Airson tiotan bu lèir do Joshua lainnir chaoir-gheal roimhe. Troimhpe sin bha ealtainn fhaoileagan a' sgèith gu h-àrd os a chionn. Bha an goban ag obair ach cha chluinneadh e an seanchas. Dhùin a shùilean às ùr is chaidh a bhodhaig flagach. Ach bha e fhathast a' tarraing anail. Thug càch gach stiall aodaich fhliuch a bh' air dheth gus an robh a bhodhaig ghlastaidh rùisgte fan comhair. Shuain iad an uair sin e sna plangaidean agus na còtaichean aca fhèin. Le Joshua fhathast na shìneadh ann an creathall gàirdeanan Leaspaidh, thog an ceathrar eile na ràimh agus theann iad ri iomradh na h-earrainne bige mu dheireadh dhen t-slighe aca gu Inbhir Aora. An sin chaidh iad seachad air a' chidhe is an iomadh bàta a bha ceangailte ris agus rinn iad air a' chladach air a chùl. Shlaod iad an sin an t-eathar a-nuas air a' mhol agus thog Pàdair Joshua às uchd Leaspaidh suas air a ghuailnean leathann. Thog e thar a' chòmhnaird aig cùl a' chladaich e agus thar an rathaid air cùl sin a dh'ionnsaigh òsta a' bhaile. Lean càch air a shàil cho luath 's a bha an t-eathar air a shlaodadh bhàrr ìre an làin.

Cha robh coimeas ann eadar an t-aitreabh leòmach a bha na sheasamh air am beulaibh agus na fàrdaichean iriosal san do ghabh iad còmhnaidh sna làithean a dh'fhalbh. Romhpa sheas an togalach geal, trì-ùrlarach le mullach sglèat a chaidh a thogail le seann Diùc Earra-Ghàidheal fhèin. Thugadh Joshua a-steach ann agus suas gu seòmar-leapa air a' chiad làr. Chaidh gùn-oidhche a chur air an sin is chaidh a phasgadh a-steach am measg anairt is plaideachan geala na leapa, gu neul beag dha fhèin air fleod ann am meadhan an t-seòmair bhig. Crochte an sin dh'fheitheadh e air a fhreastal; beatha no bàs.

Nuair a dh'fhosgail Joshua a shùilean a-rithist cha robh ann ach an neul air an robh e is e air a chuairteachadh le gilead. Aig oir an neòil thàrmaich am boireannach òg ann an saothair-bhreith às ùr. Bha a craiceann cho geal ris an neul fòidhpe agus b' ann air èiginn a chitheadh e idir i. Ach

## LATHA NA SÀBAID

chitheadh e an deargadh eadar a sliasaidean agus an ceann maol a' nochdadh troimhe. Thuit an leanabh dhan neul bhog gun fhuaim is dh'èirich e an sin na sheasamh a' coimhead gu dìreach ann an sùilean Joshua. Dh'aithnich Joshua le oillt gur e e fhèin a bh' ann air a bheulaibh. Thog Joshua air ùr-bhreith an còrd-imleige agus bhìd e troimhe ga shaoradh fhèin bho bhraighdeanas a mhàthar. Thug e an uair sin cheum gu oir an neòil is choimhead e sìos. Fada, fada fodha shìn a bheatha sheasg gun bhrìgh. Bha a bhean a-staigh ri obair a' mhuilinn is grothan òrain tiamhaidh aice ann an co-sheirm ri torman an laid. Aonaranach. Sna h-achaidhean mu thimcheall bha muinntir an àite a' saothrachadh. Dìblidh, bochd. Na h-èildearan dubha còmhla nan snaidhm theann a' searmonachadh dhaibh. Cruaidh-chridheach. Rag, neo-thruacanta. Cha sheasadh Joshua ris tuilleadh. Dhùin e a shùilean.

Nuair a dh'fhosgail e a-rithist iad bha fear glas a' cromadh os a chionn, a chorragan air caol a' dhùirn; dotair a bh' ann, an dotair aig an Diùc fhèin. 'He'll live,' thuirt e is chuir e a dh'iarraidh beagan brot flodach dhan euslainteach. Le sin na bhroinn dh'fhairich Joshua a bheatha a' tilleadh thuige. Rinn e gàirdeachas rithe, oir airson a' chiad uair fad iomadh bliadhna, thuig e an luach a bh' innte. Dh'fhairich e rian a' tàrmachadh na cheann is faochadh na chnàmhan. Rinn e norrag. Cha chanadh e dè cho fada 's a bha e air a bhith na chadal nuair a dhùisg e às ùr. Tro na beàrnagan sna for-uinneagan bha solas caithte an latha a' feuchainn ri fiaradh a-steach. Le beagan neirt air tilleadh gu fhèithean, chaidh aige air seasamh, agus gu cugallach, chaidh e sìos an staidhre. An sin bha na fir eile a' gabhail an diathaid sa bhiadh-lann. Bha an t-òsta a-nis trang ri linn cùirt an t-seisein is an seòmar mòr loma-làn aoighean le torghan nan guthan aca ga lìonadh. Bha am Morair Meadowbank, britheamh na cuirte, e fhèin an làthair 's e air a chuairteachadh le dòrlach oifigich na cuirte aig bòrd fa leth. Nochd Joshua nam measg mar thaibhse na ghùn-oidhche. Rinn e a shlighe gu socair eadar na bùird. Air dha a chompanaich a ruighinn thuirt e, 'You saved my life. Why?' Thionndaidh e gus falbh, ach mus tug e ceum thionndaidh e air ais, 'I was wrong,' thuirt e.

Rug Pàdair air ghàirdean air is chuidich e air ais suas an staidhre e far an do chuir e air ais na leabaidh e. Mus do thill e dhan t-seòmar gu h-ìosal is na companaich aige, thuirt e, 'Tomorrow is another day.'

# Diluain; Latha na Cùirte

*Tha còignear fhireannach nan seasamh taobh a-muigh Òsta Inbhir Aora am measg sluagh a tha a' fàs an sin. Tha an còmhnard feurach air am beulaibh air a ghealadh le dealt trom is deatach ag èirigh air an anail. Tha fear dhiubh ri smocadh pìob chrèadha a' cur ris a' cheò. Tha coltas sgìth ach riaraichte air na fir. Cha chluinnear facal à beul fir seach fir dhiubh. Mu thimcheall orra tha am baile mar-thà na bhoil. Shuas aig a' chaisteal os an cionn tha na searbhantan a' sgaothadh is iad a' cur air dòigh charbadan is eich. Bho fhad' is farsaing, thar mòintich is frith-rathad, tha daoine a' teàrnadh air an àite; an fheadhainn a tha beagan nas fheàrr dheth na càch ann an gige, cuid air eich is gearrain dhen a h-uile meud is cumadh, ach a' chuid as motha dhiubh air an cois.*

   *Shìos aig a' chidhe tha eathraichean is sgothan, geòlaichean is namhagan a' dòmhlachadh is cinn am pasaidearan a' nochdadh bàrr a' chidhe. Tha gach uile duine a' dèanamh air an òsta far a bheil na h-ùghdarrasan is na h-uachdarain a' cruinneachadh còmhla ri muinntir na cùirte air a bheulaibh. 'S e latha-fèille a th' ann an latha Cùirt an t-Seisein, gu sònraichte nuair a thig brath gum bi cùis mhuirt gus nochdadh is cothrom air binn bàis na cois.*

Thug Leaspaidh ceum air falbh bho a chompanaich a dh'ionnsaigh doras an òsta. Mus deach e a-steach ann thionndaidh e ri càch is thuirt e, 'Cha bu mhiste dhuinn faighinn a-mach an tèid aig Joshua air tighinn còmhla rinn. Gheibh mi facal air.' Dh'èirich gnòsadaich aontachaidh bho na fir eile.

Shuas an staidhre fhuair Leaspaidh gun robh Joshua fhathast na shuain is coltas leanaibh san aogas shìtheil aige, dùdan fann a' tighinn bhuaithe. Dh'fhosgail Leaspaidh na for-uinneagan beagan a' tilgeil solas an latha thar bodhaig shlaodte Joshua. Chaidh e a-null thuige. Chuir e làmh mu chaol dùirn an duine is thog e a ghàirdean. Dh'fhosgail sùilean Joshua is iad a' ruinnleachadh anns an t-solas ghuineach. 'Mr Cook! Is that you?'

'Aye.'

'What time is it? Am I late?'

'If you can bring yourself to rise you should still have time.'

Chuir Joshua car dheth fhèin a' tilgeil a chasan far chliathaich na leapa. Bha iad fhathast preaslach is geal ri linn am bogaidh an latha roimhe is coltas casan closaich orra. Shuidh e an-àirde is e a' leigeil cnead às. Dh'fheith Leaspaidh gus an robh an duine air a bheulaibh air a thighinn thuige fhèin mus tug e seachad a theachdaireachd. B' e sin an aon chothrom a gheibheadh e. 'I have something to ask you,' ars e. 'I am to leave the island. Peter will not stand my presence. I cannot blame him and I have no recourse to object. My time in the place is over in any case. I should have left long ago.'

Thug Joshua sùil cheasnachail air Leaspaidh agus an cadal fhathast a' neulachadh a shùilean is aigne.

'However,' lean Leaspaidh air, 'I am left with one problem. As you know I have a responsibility to the care of a young woman, a young woman and her child. A responsibility I will no longer be able to fulfill. If I could find someone to assume my obligations my conscience would be absolved, at least as much as it can be under the circumstances. We should go.'

## DILUAIN; LATHA NA CÙIRTE

Chaidh Leaspaidh a-null dhan t-sèithear san oisinn air an robh aodach Joshua crochte. Thog e bhon t-sèithear e is thug e do Joshua e. Thug e cuideachadh dha ga chur uime is thug an dithis greis an sin a' snìomh gu neo-ealanta an co-fhreagairt ri gluasadan càch a chèile. Lean Leaspaidh air, 'Would your wife not benefit from some help in the house? Would she not enjoy the extra company? I assure you that the woman is a diligent worker. As for the child, he is a delight. He could be a help to you in the mill in a few years' time.'

Ged nach tuirt Joshua facal, b' aithne do Leaspaidh an t-aonta sa ghnogadh bheag a rinn e. Nuair a bha iad deiseil thuirt Joshua, 'Shall we descend?' Le làmh cuidichidh aig Leaspaidh fo achlais an fhir eile, rinn an dithis an slighe mhall is chugallach sìos an staidhre is a-mach dhan t-sràid. An sin ghabh iad an àite am measg an companach.

*Sin sibh a chàirdean. Chan eil math dhuinn a bhith nar seasamh an seo fa leth bho na tha a' tachairt. Rachamaid thairis air an rathad is gabhamaid ar n-àite am measg an t-sluaigh. Seallaibh, tha beàrn bheag ann shuas an sin aig ceann an rathaid. Tha sin nas fheàrr nach eil? 'S iad sin, dìreach ri ar taobh, an dà aileibeartach nan còtaichean dearga a bhios air ceann a' phairèid is na trombaidearan air an cùl. Abair fearas-mhòr a' dol air an cùl-san far a bheil Morair a' Chrùin, an Siorram, Mèar, comhairlichean, luchd-lagha is oifigich eile a' cruinneachadh agus iad air an sgeadachadh le sèineachan, is gruagan, gunnaichean is bannan. Cus ann de choilich uaibhreach a' strì airson aithne chanainn-sa. Sin an Diùc e fhèin a tha air nochdadh is e a' tùirleadh bhon charbad aige. Mar as nòsail dhan deagh Whig a th' ann, 's e còta mòr stuama dubh a chòmhdaicheas a mhionach sultmhor is ad àrd dhubh air a dinneadh air a cheann.*

# FIR AN DIÙRAIDH

*Nach e sin am britheamh fhèin a tha a' fàgail an òsta a-nis 's e a' cur aghaidh air a' bhuidheann bheag de sheann shaighdearan crùbach, brabhdach a tha a' feitheamh air? Seallaibh air mar a tha iad a' feuchainn ri seasamh gu dìreach mar a bhiodh an comas dhaibh is iad nan saighdearan òga is mar a tha iad ga fhàilteachadh. 'S ann orrasan agus air an cuid èideagan luideach a thàinig an dà latha, saoilidh mi, bhon a ghabh iad san arm o thùs is iad òg is eireachdail. Tha am Morair gan sgrùdadh, mas fhìor, is e a' cur am fillteagan dìreach mus toir e sailiut dhaibh agus a thèid e an cuideachd nan ùghdarrasan eile. Cò iad sin aig a' chùl, an cruinneachadh measgaichte de shaoranaich le coltas frionasach orra is an sùilean a' siabadh nan cinn mar gur e beathaichean air an glacadh a th' annta? Cha chreid mi nach e sin an diùraidh.*

*Sin na trompaidean a-nis a' seirm. Rachamaid air cùl an diùraidh mus tog am pairèid air. Seadh air cùlaibh an t-sianair sin. 'S ann à Eilean Arainn a tha iadsan a rèir choltais. B' e Dàibhidh Stiùbhart an ceàrd a thuirt sin rium nuair a bha mi a' ceannach beagan snaoisein bhuaithe taobh thall an rathaid. Thuirt e rium gum faca e iad pìos beag shìos an locha a-raoir is iad air an t-slighe dhan chùirt. B' e an gobha a thuirt ris-san cò iad is gun robh iad air falbh gu cabhagach madainn an-dè. Smaoinich air an t-Sàbaid agus iad mas fhìor cho cràbhach ann an Eilean Arainn! Abair gu bheil coltas sgìth orra; truagh chanainn-sa. Tha fear dhiubh an sin fiù 's nach eil comasach air coiseachd gu ceart is a tha a' faighinn cuideachadh bho chompanach. Gu dè seòrsa turas garbh a bh' aca? Ach saoilidh mi nach e an coltas air an taobh a-muigh as cudromaiche ach gu bheil an cridheachan 's an cogaisean glan mus toir iad breitheanas air an co-chreutair, oir gun fhios againn air na tha romhainn, 's dòcha gur e sinn fhèin a sheasas air am beulaibh uair no uaireigin.*

# Buidheachas

Bu mhath leam an toiseach mo thaing a thoirt dhan neach-deasachaidh agam, Joan Nicdhòmhnaill, airson a cuid gliocais agus lèirsinn. Cha bhiodh an leabhar seo a cheart cho coileanta às an aonais. Tha mi gu mòr an comain Luath Press agus gu sònraichte Gavin MacDhùghaill airson earbsa san leabhar agus a dhealas ann a bhith ga thoirt gu buil. Tha an cuideachadh a fhuair mi bho Chomhairle nan Leabhraichean, is gu sònraichte bho Alison Lang, sna beagan bhliadhnaichean a dh'fhalbh air a bhith na bhrosnachadh mòr dhomh. Mu dheireadh tha buidheachas aig mo theaghlach orm airson an cuid foighidinn nuair a bu chòir dhan aire agam a bhith orrasan is e air an t-saoghal mas fhìor a bhios mi a' toirt gu bith nam cheann.

## **Luath** foillsichearan earranta
*le rùn leabhraichean as d'fhiach a leughadh fhoillseachadh*

Thog na foillsichearan Luath an t-ainm aca o Raibeart Burns, aig an robh cuilean beag dom b' ainm Luath. Aig banais, thachair gun do thuit Jean Armour tarsainn a' chuilein bhig, agus thug sin adhbhar do Raibeart bruidhinn ris a' bhoireannach a phòs e an ceann ùine. Nach iomadh doras a tha steach do ghaol! Bha Burns fhèin mothachail gum b' e Luath cuideachd an t-ainm a bh' air a' chù aig Cù Chulainn anns na dàin aig Oisean. Chaidh na foillsichearan Luath a stèidheachadh an toiseach ann an 1981 ann an sgìre Bhurns, agus tha iad a nis stèidhichte air a' Mhìle Rìoghail an Dùn Èideann, beagan shlatan shuas on togalach far an do dh'fhuirich Burns a' chiad turas a thàinig e dhan bhaile mhòr.

Tha Luath a' foillseachadh leabhraichean a tha ùidheil, tarraingeach agus tlachdmhor. Tha na leabhraichean againn anns a' mhòr-chuid dhe na bùitean am Breatainn, na Stàitean Aonaichte, Canada, Astràilia, Sealan Nuadh, agus tron Roinn Eòrpa – 's mura bheil iad aca air na sgeilpichean thèid aca an òrdachadh dhut. Airson leabhraichean fhaighinn dìreach bhuainn fhìn, cuiribh seic, òrdugh-puist, òrdugh-airgid-eadar-nàiseanta neo fiosrachadh cairt-creideis (àireamh, seòladh, ceann-latha) thugainn aig an t-seòladh gu h-ìseal. Feuch gun cuir sibh a' chosgais son postachd is cèiseachd mar a leanas: An Rìoghachd Aonaichte – £1.00 gach seòladh; postachd àbhaisteach a-null thairis – £2.50 gach seòladh; postachd adhair a-null thairis – £3.50 son a' chiad leabhar gu gach seòladh agus £1.00 airson gach leabhar a bharrachd chun an aon t-seòlaidh. Mas e gibht a tha sibh a' toirt seachad bidh sinn glè thoilichte ur cairt neo ur teachdaireachd a chur cuide ris an leabhar an-asgaidh.

**Luath** foillsichearan earranta
543/2 Barraid a' Chaisteil
Am Mìle Rìoghail
Dùn Èideann EH1 2ND
Alba
Fòn: +44 (0)131 225 4326 (24 uair)
Post-dealain: sales@luath.co.uk
Làrach-lìn: www.luath.co.uk